LES BÛCHERS
DE BOCANEGRA

LES AVENTURES DU CAPITAINE ALATRISTE

Arturo Pérez-Reverte

LES BÛCHERS
DE BOCANEGRA

roman

Traduit de l'espagnol par Jean-Pierre Quijano

ÉDITIONS DU SEUIL

Les poèmes ont été traduits par Albert Bensoussan.

Titre original : *Limpieza de sangre*
Éditeur original : Alfaguara
ISBN original 84-204-8359-1
© 1997, Arturo Pérez-Reverte

ISBN 2-02-034719-9

© Éditions du Seuil, octobre 1998,
pour la traduction française

A CARLOTA,

à qui il ne reste plus désormais
qu'à se battre

Il est à l'écu des blasons de gloire,

de la noblesse, poésie et cure,

et menines, Amérique, histoire,

des galères où peine l'infidèle,

des pendus en chemin, de l'aventure,

des estocades enfin à la pelle.

TOMÁS BORRÁS
Castille

I

LA FEMME
AUX CINQUANTE ÉCUS

Ce jour-là, on fit courir les taureaux sur la Plaza Mayor, mais Martín Saldaña, lieutenant d'alguazils, ne fut pas de la fête. On avait retrouvé la femme étranglée dans une chaise à porteurs, devant l'église de San Ginés. Elle tenait entre les doigts une bourse contenant cinquante écus et un billet anonyme avec ces mots : *Prière de dire des messes pour le repos de son âme.* Une bigote matinale l'avait découverte et avait alerté le sacristain qui à son tour avait prévenu le curé, lequel, après une urgente absolution *sub conditione*, avait fait avertir la justice. Lorsque le lieutenant d'alguazils se présenta sur la petite place de San Ginés, voisins et curieux s'étaient déjà attroupés. On aurait presque cru à une fête, au point qu'il fallut donner l'ordre à quelques argousins de tenir la foule à l'écart pendant que juge et greffier dressaient procès-verbal et que Martín Saldaña jetait un tranquille coup d'œil au cadavre.

Saldaña était d'un naturel nonchalant, comme s'il avait

toujours tout le temps du monde devant lui. Peut-être du fait qu'il était un ancien soldat – il s'était battu en Flandre avant que sa femme ne lui obtienne par ses faveurs, à ce qu'on racontait, la charge de lieutenant –, le chef des alguazils de Madrid accomplissait avec beaucoup de flegme son métier, « à pas de bœuf » comme l'avait écrit un jour un certain poète satirique, Ruiz de Villaseca, faisant allusion, dans un dizain malveillant, à la façon dont certains taureaux se comportent dans l'arène. Mais si Martín Saldaña était lent pour certaines choses, il ne l'était en rien lorsque le moment était venu de se servir de l'épée, de la dague, du poignard ou des gros pistolets bien amorcés qu'il portait à la ceinture dans un ferraillement constant et menaçant. Le poète Villaseca pouvait en attester au purgatoire, en enfer ou ailleurs, après s'être fait tailler trois boutonnières dans le dos, devant la porte de chez lui, trois jours après qu'eut commencé à circuler sur le parvis de San Felipe le dizain en question.

Il ne sortit pas grand-chose de cet examen pondéré que le lieutenant d'alguazils fit du cadavre. La morte était d'âge mûr, plus proche de la cinquantaine que de la quarantaine. Elle était vêtue d'une ample bure noire et d'une coiffe qui lui donnaient l'air d'une duègne ou d'une dame de compagnie. Elle avait un rosaire dans son aumônière, de même qu'une clé et une image froissée de la Vierge d'Atocha. A son cou pendait une chaîne en or avec la médaille de Santa Águeda. Ses traits donnaient à penser qu'elle n'avait pas été vilaine dans sa jeunesse. Il n'y avait sur elle aucune trace de violence, hormis le cordon de soie qu'elle avait encore autour du cou et sa bouche crispée dans le rictus de la mort. A la couleur et à la rigidité du corps, on conclut qu'elle avait été étranglée durant la nuit, dans la chaise à porteurs, avant qu'on ne l'amène devant l'église. La bourse contenant de l'argent pour faire dire des messes propres à assurer le salut de son âme pouvait aussi bien être le signe d'un sens pervers de l'humour que d'une grande charité chrétienne. Car au bout du compte, dans cette Espagne obscure, violente et contradictoire qui fut celle de notre roi catholique Philippe IV, une Espagne où les débauchés et les coquins réclamaient la confession à grands cris après avoir reçu un coup de pistolet ou d'épée, un assassin pieux n'avait rien de bien extraordinaire.

Dans l'après-midi, Martín Saldaña nous raconta ce qui s'était passé. Ou, plus exactement, il en fit part au capitaine Alatriste quand nous le rencontrâmes à la Porte de Guadalajara, alors que nous revenions avec la foule de la Plaza Mayor. Saldaña avait terminé son enquête sur la femme morte dont le cadavre avait été exposé à Santa Cruz, dans un cercueil de pendu, au cas où quelqu'un pourrait l'identifier. Il nous mit au courant des événements, comme si ce n'était qu'une brouille, en prenant tout son temps, plus intéressé par la bravoure des taureaux qui avaient couru ce jour-là que par le crime qu'il avait sur les bras. Chose parfaitement logique si l'on considère que, dans le périlleux Madrid de l'époque, les morts retrouvés en pleine rue abondaient alors que les bonnes courses de taureaux et les joutes commençaient à se faire rares. Les joutes à cheval, auxquelles participait parfois le roi notre seigneur, opposaient des quadrilles de gentilshommes. Mais les jolis cœurs et les godelureaux en avaient fait une affaire de rubans, de boucles et de dames, plutôt que de se moudre de coups comme de bons chrétiens. Elles n'étaient

plus, et de loin, ce qu'elles avaient été du temps des guerres
entre Maures et chrétiens, ou même à l'époque du grand
Philippe II, grand-père de notre jeune monarque. Les taureaux continuaient cependant d'être la grande passion du
peuple espagnol en ce premier tiers de siècle. Sur plus de
soixante-dix mille habitants que comptait Madrid, les deux
tiers accouraient à la Plaza Mayor chaque fois qu'on faisait
courir des taureaux, pour célébrer la valeur et l'adresse des
gentilshommes qui affrontaient les bêtes. Car à cette époque,
hidalgos, grands d'Espagne et jusqu'à des personnes de sang
royal n'hésitaient pas à descendre dans l'arène, les cavaliers
sur leurs meilleurs coursiers, pour casser la pique sur le garrot
de l'animal ou le tuer d'un coup d'épée après avoir mis pied
à terre, sous les applaudissements de la foule enthousiaste
qui se massait autant sous les portiques, pour le vulgaire, que
sur des balcons loués à vingt-cinq et cinquante écus par les
courtisans, le nonce et les ambassadeurs étrangers. On racontait ensuite ces courses en chansons et en vers, gaillards pour
la plupart, gracieux et plaisants parfois, jeux auxquels s'ingé-
niaient tous les beaux esprits de Madrid. Comme lorsque le
taureau se lançait à la poursuite d'un alguazil – la justice
n'avait pas alors la faveur populaire, pas plus qu'elle ne l'a
aujourd'hui – et que le public tout entier prenait le parti du
taureau :

> *L'encorné eut raison*
> *d'emboutir l'argousin.*
> *De quatre cornes, donc,*
> *deux sont de trop au moins.*

Ou, en cette autre occasion, quand l'amiral de Castille,
qui combattait à cheval un taureau, blessa accidentellement

d'un coup de pique le comte de Cabra. Le lendemain, ces vers circulaient déjà sur les places de Madrid :

> *Plus de mille à toréer sans ambages,*
> *mais l'Amiral fut le seul torero*
> *à ficher pique en l'hôte de passage,*
> *c'est Cabra, hélas ! qu'il prit pour taureau.*

Mais revenons à notre dimanche où l'on découvrit la femme morte, à Martín Saldaña et à son vieil ami Diego Alatriste. On comprendra que le lieutenant l'ait mis au courant des circonstances qui l'avaient empêché d'être présent à la course de taureaux et que le second lui ait conté dans les moindres détails le combat auquel avaient assisté Leurs Majestés du balcon de la Maison de la Boulangerie, tandis que lui et moi, mêlés à la foule, mangions des pignons et des lupins à l'ombre de la Porte des Drapiers. On avait fait courir quatre taureaux, tous assez braves. Le comte de Puñoenrostro et le comte de Guadalmedina avaient fait merveille en rompant plusieurs piques. Guadalmedina avait perdu son cheval, tué sous lui par un taureau du Jarama. En gentilhomme courageux, le comte avait mis pied à terre, tiré son épée et coupé les jarrets de la bête avant de lui donner l'estocade, ce qui lui avait valu des froufrous d'éventails parmi les dames, l'approbation du roi et un sourire de la reine qui, à ce qu'on disait, le regardait beaucoup : Guadalmedina portait beau. La note pittoresque avait été donnée par le dernier taureau qui s'en était pris à la garde royale. Il faut vous dire que les trois gardes, l'espagnole, l'allemande et les archers, avaient pour ordre de rester en formation avec leurs hallebardes au pied de la loge royale, même si le taureau paraissait animé des pires intentions du monde. Cette fois, l'animal s'était approché plus qu'il ne fallait et, n'ayant cure des hallebardes, avait encorné et promené dans l'arène un garde allemand grand et blond qui, les boyaux à l'air, lançait moult *Himmel* et *Mein Gott.* Il avait fallu lui administrer d'urgence les derniers sacrements.

– Il marchait sur ses tripes, comme cet enseigne à Ostende, conclut Diego Alatriste. Tu te souviens ? Lors du troisième assaut contre le réduit du Cheval... Il s'appelait Ortiz, ou Ruiz, je ne sais plus.

Martín Saldaña hocha la tête en caressant sa barbe poivre et sel de vieux soldat. Elle cachait une vilaine balafre reçue vingt ans plus tôt, précisément durant le siège d'Ostende. Ils étaient sortis des tranchées à l'aube, Saldaña, Diego Alatriste et cinq cents hommes parmi lesquels se trouvait aussi mon père, Lope Balboa. Puis ils avaient remonté le glacis en courant, menés par le capitaine Don Tomás de la Cuesta, derrière la croix de Saint-André que portait cet enseigne, Ortiz, ou Ruiz. Ils avaient pris à l'arme blanche les premières tranchées hollandaises avant d'escalader le parapet sous le feu de l'ennemi, puis ils avaient passé près d'une demi-heure à ferrailler sur la muraille, pendant que les coups de mousquet pleuvaient de toutes parts. C'était là que Martín Saldaña avait été blessé au visage et Diego Alatriste au sourcil gauche. C'était là aussi que l'enseigne Ortiz, ou Ruiz, avait reçu un coup d'escopette à brûle-pourpoint qui avait eu pour effet de lui mettre toutes les tripes à l'air. Elles traînaient par terre tandis qu'il courait pour sortir de la mêlée en essayant de les retenir avec ses mains. Peine perdue : on l'avait achevé d'un autre coup de feu en pleine tête. Et quand le capitaine de la Cuesta, ensanglanté comme Christ en croix, car il avait été blessé lui aussi, dit cette phrase : « Messieurs, nous avons fait ce que nous pouvions, battez la retraite et sauve qui peut », mon père et un autre soldat aragonais petit et dur, un certain Sebastián Copons, avaient aidé Saldaña et Diego Alatriste à regagner en courant les tranchées espagnoles, tantôt blasphémant contre Dieu et la Vierge, tantôt se recommandant à eux, pendant que des hordes de Hollandais les arquebusaient du haut des murailles. Quelqu'un eut assez de temps et de cœur au ventre pour ramener l'étendard du pauvre Ortiz, ou Ruiz, plutôt que de le laisser sur le bastion des hérétiques avec le cadavre de l'enseigne et celui de deux cents de ses camarades qui jamais plus n'iraient à Ostende, ni aux tranchées, ni nulle part.

– Je crois qu'il s'appelait Ortiz, finit par dire Saldaña.

Un an plus tard, ils avaient bien vengé l'enseigne et ses compagnons d'infortune, ainsi que ceux qui s'étaient fait trouer la peau avant et après cet assaut contre le réduit hollandais du Cheval. Au bout de la huitième ou neuvième tentative en effet, Saldaña, Alatriste, Copons, mon père et les autres vétérans du Tercio Viejo de Carthagène, hardis comme des lions, avaient réussi à emporter la muraille. Les Hollandais s'étaient mis à crier *srinden, srinden*, ce qui, à ce qu'on m'a dit, signifie « amis » ou « camarades », puis *veijiven ons over*, ou quelque chose du genre, c'est-à-dire « nous nous rendons ». Ce fut alors que le capitaine de la Cuesta, qui n'avait aucun don pour les langues mais qui était doué d'une mémoire prodigieuse, dit à ses hommes « ni srinden, ni veijiven pour ces fils à putain, pas de quartier, messieurs, souvenez-vous, pas un hérétique vivant dans cette place ». Et quand Diego Alatriste et les autres hissèrent enfin la vieille croix de Saint-André toute trouée sur le bastion, celle-là même qu'avait portée le pauvre Ortiz avant de trébucher dans ses tripes, le sang hollandais dégoulinait de leurs dagues et de leurs épées, jusqu'à leurs coudes.

– On m'a dit que tu allais retourner là-bas, dit Saldaña.

– C'est possible.

Encore ébahi par le spectacle des taureaux, de tous ces gens qui maintenant quittaient la place pour prendre la Calle Mayor, de ces dames et de ces gentilshommes qui montaient dans leurs voitures, de ces cavaliers et de ces élégants qui se rendaient au parvis de San Felipe ou sur celui du palais, je prêtais cependant une grande attention à ce que disait le lieutenant d'alguazils. En cette année mille six cent vingt-trois, deuxième du règne de notre jeune roi Philippe, la reprise de la guerre en Flandre réclamait plus d'argent, plus de régiments et plus d'hommes. Le général Ambrosio Spínola recrutait des soldats dans toute l'Europe et des centaines de vétérans s'engageaient sous leurs anciens drapeaux. Le Tercio de Carthagène, décimé à Jülich où mon père avait trouvé la mort, anéanti un an plus tard à Fleurus, se reconstituait et irait bientôt participer au siège de Breda. Bien que sa blessure reçue à Fleurus ne fût pas encore complètement cicatrisée, Diego Alatriste, je le savais, avait pris contact avec ses anciens camarades pour préparer son retour dans les rangs. Ces derniers temps, malgré sa modeste condition de spadassin, ou précisément à cause d'elle, le capitaine s'était fait de puissants ennemis à la cour. Il n'était donc point malavisé pour lui de prendre le large quelque temps.

– C'est peut-être mieux ainsi – Saldaña regardait Alatriste d'un air entendu. Madrid est devenu dangereux... Tu emmènes le petit ?

Nous marchions dans la foule, longeant les boutiques closes des bijoutiers, en direction de la Puerta del Sol. Le capitaine me lança un bref regard, puis fit un geste évasif.

– Il est peut-être trop jeune.

Le lieutenant d'alguazils ébaucha un sourire. Il avait posé sur ma tête sa main large et rude tandis que j'admirais la crosse des pistolets qu'il portait à la ceinture avec sa dague et son épée à grande coquille, sur le gilet de peau, fort utile pour se protéger le torse des mauvais coups qui faisaient partie de son métier. Cette main, me dis-je alors, avait un jour serré celle de mon père.

– Pas trop jeune pour certaines choses, à ce qu'il paraît – le sourire de Saldaña s'élargit, amusé et ironique, car il savait ce que j'avais fait lors de l'aventure des deux Anglais. Et tu t'es bien engagé à son âge.

C'était vrai. Cadet d'une famille d'hidalgos de la campagne, âgé de treize ans et sachant à peine les quatre règles, l'écriture et un peu de latin, Diego Alatriste s'était enfui de l'école et de chez ses parents, il y avait de cela un bon quart de siècle. Il était arrivé à Madrid avec un ami et, mentant sur son âge, avait pu s'engager comme page-tambour dans l'un des régiments qui partaient pour la Flandre avec l'archiduc Alberto.

– C'était une autre époque, répondit le capitaine.

Il s'écarta pour céder le passage à deux jeunes femmes qui avaient l'air de courtisanes de luxe, escortées par leurs galants. Saldaña, qui semblait les connaître, ôta son chapeau, non sans une certaine malice, ce qui lui valut un regard furibond de l'un des godelureaux, lequel disparut comme par enchantement quand le pauvre homme vit tout le fer que le lieutenant d'alguazils portait sur lui.

– Tu as raison, dit Saldaña, songeur. C'était une autre époque. Et d'autres hommes.

– Et d'autres rois.

Le lieutenant d'alguazils qui suivait des yeux les deux femmes se retourna brusquement vers Alatriste.

– Allons, Diego, ne parle pas ainsi devant le petit – il regardait autour de lui, mal à l'aise. Tu m'embarrasses. Et tu oublies que je représente la justice du roi.

– Je ne t'embarrasse pas. Je n'ai jamais manqué à mon roi, quel qu'il soit. Mais j'en ai servi trois, et je te dis qu'il y a rois et rois.

Saldaña se caressait la barbe.

– Vive Dieu.

– Vive Dieu, ou qui tu voudras.

Le lieutenant d'alguazils me lança une autre œillade inquiète avant de se tourner vers Alatriste. Je vis qu'instinctivement il avait posé la main sur le pommeau de son épée.

– Tu ne me chercherais pas des noises, Diego ?

Le capitaine ne répondit pas. Impassibles sous le large bord de son chapeau, ses yeux clairs dévisageaient le lieutenant. Saldaña s'était redressé car, même fort et robuste, il était moins grand que le capitaine. Les deux hommes se regardaient dans les yeux, leurs visages hâlés de vieux soldats couverts de fines rides et de cicatrices, tout proches l'un de l'autre. Quelques passants se retournèrent. Dans cette Espagne turbulente, ruinée et fière – en vérité, la fierté était tout ce qu'il nous restait en poche –, personne ne laissait passer une parole lancée à la légère, et même des amis intimes étaient capables d'en venir aux mains pour un mot déplacé :

Il parla, passa, regarda et fit, hardi,
une réflexion en différente partie,
en galant découvert ou peut-être masqué :
incontinent champ de bataille fut le pré.

Trois jours plus tôt, en pleine promenade du Prado, un cocher du marquis de Novoa avait donné six coups de poignard à son maître qui l'avait traité de manant. Ces altercations pour un oui ou pour un non étaient monnaie courante. Je crus donc un instant que Saldaña allait dégainer et qu'il allait se battre en pleine rue avec Alatriste. Mais j'avais tort. Car s'il est vrai que le lieutenant d'alguazils était parfaitement capable – il en avait déjà donné la preuve – d'envoyer ses amis en prison et même de leur faire voler la tête en éclats dans l'exercice de ses fonctions, il n'en est pas moins vrai que jamais il n'aurait profité des pouvoirs de sa charge contre Diego Alatriste pour des questions personnelles. Cette éthique tortueuse avait cours à l'époque entre ces hommes durs. Et moi qui les ai fréquentés pendant ma jeunesse et tout le reste de ma vie, je peux attester que chez les pires malandrins, vauriens, soldats et autres truands, j'ai trouvé plus de respect pour certains codes et règles tacites que chez les gens de condition prétendument honorable. Martín Saldaña était de cette trempe, et il résolvait ses disputes en dégainant l'épée comme un homme, sans s'abriter derrière l'autorité du roi ni chercher d'autres prétextes. Grâce à Dieu, tout s'était dit à voix basse. Il n'y avait pas eu d'affront public et irréparable qui puisse menacer la vieille amitié, âpre et rude, qui unissait les deux anciens soldats. De toute façon, la Calle Mayor, où tout Madrid se promenait après une course de taureaux, n'était pas le lieu pour se quereller ni se battre. Saldaña laissa finalement s'échapper de sa poitrine un soupir désabusé. Il semblait s'être détendu tout à coup, et dans ses yeux sombres qui fixaient encore ceux du capitaine Alatriste je crus deviner l'étincelle d'un sourire.

– Un jour, tu vas te faire tuer, Diego.

– C'est possible. Et ce sera peut-être par toi.

Ce fut au tour d'Alatriste de sourire. Je vis Saldaña secouer la tête, découragé.

– Nous ferions mieux de changer de conversation, dit-il.

Il avait levé la main en un geste bref, presque maladroit, à la fois rude et amical, pour frôler un instant l'épaule du capitaine.

– Allez, invite-moi à prendre un verre.

Les choses en restèrent là. Quelques pas plus loin, nous nous arrêtâmes à la Taverne des Maréchaux où se pressaient laquais, écuyers, commissionnaires et vieilles femmes prêtes à louer leurs services comme duègnes, mères ou tantes. Une servante posa sur la table tachée de vin deux pichets de Valdemoro qu'Alatriste et le lieutenant d'alguazils expédièrent en un tournemain. Toutes ces paroles leur avaient mis le gosier à sec. Quant à moi, qui n'avais pas encore atteint mes quatorze ans, je dus me contenter d'un verre d'eau de la cruche, le capitaine ne me permettant pas de toucher au vin, sauf dans les panades que nous avions coutume de prendre comme petit déjeuner – nous n'avions pas toujours de quoi nous acheter du chocolat –, ou quand il me trouvait un peu pâlot, pour me redonner des couleurs. Il ignorait cependant que Caridad la Lebrijana m'apportait en cachette des tranches de pain trempées dans du vin et du sucre, gâterie dont je raffolais quand j'étais jeune, moi qui n'avais pas un sou vaillant pour me procurer des douceurs. Au chapitre du vin, le capitaine me disait que j'avais tout le temps devant moi pour en boire jusqu'à en crever, si je voulais, et qu'il n'est jamais trop tard pour ce faire. Bien des gens honorables, me disait-il, s'étaient perdus dans le jus de Bacchus. Mais il m'expliquait cela peu à peu, car je crois vous avoir déjà raconté que Diego Alatriste était un homme avare de ses paroles et que ses silences étaient plus éloquents que ses mots. En vérité, quand je fus soldat à mon tour, et d'autres choses encore, il m'est arrivé plus d'une fois de trop boire. Mais j'ai toujours été modéré dans ce vice – j'en ai eu de pires – qui chez moi ne fut jamais que source passagère de stimulation et de divertissement. Je pense que c'est au capitaine Alatriste que je dois cette modération, même s'il ne prêchait pas par l'exemple, tant s'en faut. Je me souviens bien de ses longues beuveries silencieuses. Contrairement à d'autres, il levait peu le coude quand il était en compagnie et ce n'était pas non plus la joie qui le poussait à s'imbiber du jus de la treille. Sa façon de boire était posée, méthodique et mélancolique. Quand le vin commençait à faire son effet, il se taisait et fuyait la compagnie de ses amis. En réalité, chaque fois que je pense à lui ivre, je le vois seul dans notre petit logement de la rue de l'Arquebuse, dans la cour de la Taverne du Turc, immobile devant son verre, le pichet ou la bouteille, les yeux fixés sur le mur où étaient accrochés son épée, sa dague et son chapeau, comme s'il contemplait des images que lui seul dans son silence obstiné pouvait évoquer. Et à la façon dont il tordait ensuite la bouche sous sa moustache d'ancien soldat, j'oserais jurer que ces images n'étaient pas de celles qu'un homme contemple ou revit avec plaisir. S'il est vrai que chacun traîne avec soi ses fantômes, ceux de Diego Alatriste y Tenorio n'étaient ni aimables, ni de bonne compagnie. Mais, comme je l'ai entendu le dire un jour en haussant les épaules avec ce geste singulier qui était tellement le sien et qui paraissait fait à la fois de résignation et d'indifférence, tout homme courageux peut choisir la forme et le lieu de sa mort, mais personne ne choisit ce dont il se souvient.

Le parvis de San Felipe grouillait de monde. On bavardait, on saluait ses connaissances, on allait s'accouder sur la balustrade de la célèbre esplanade pour regarder les voitures et les passants qui se promenaient dans la rue. Ce fut là que Martín Saldaña prit congé de nous. Mais nous ne restâmes pas longtemps seuls, car bientôt vinrent nous rejoindre Fadrique le Borgne, apothicaire de Puerta Cerrada, et le père Pérez, absolument ravis de la course de taureaux. C'était justement le père Pérez qui, se trouvant près du garde allemand que le taureau avait étripé, lui avait administré les derniers sacrements. Le jésuite commentait les détails de l'événement, racontant comment la reine, parce que jeune et française, avait manqué défaillir dans sa loge, alors que le roi, galant, lui prenait la main pour la réconforter. La reine était restée dans la Maison de la Boulangerie au lieu de se retirer comme beaucoup croyaient qu'elle le ferait. Et ce geste fut tellement apprécié du public que, lorsque le roi et la reine se levèrent à la fin du spectacle, il leur fit une ovation pleine d'affection à laquelle le jeune et coquet Philippe IV répondit en se découvrant un instant.

Je vous ai déjà dit qu'en ce premier tiers de siècle le peuple madrilène conservait encore, en dépit de son naturel frondeur et malicieux, une certaine ingénuité pour ce genre de gestes chez la famille royale. Ingénuité que le temps et les désastres allaient transformer en désillusion, rancœur et honte. Mais à l'époque de cette histoire, notre monarque était un jeune homme et l'Espagne, quoique déjà corrompue, mortellement blessée dans son cœur, conservait les apparences, le faste et les manières. Nous étions encore quelque

chose et nous le fûmes encore quelque temps, jusqu'à nous
trouver exsangues, sans un soldat et sans un maravédis.
La Hollande nous détestait, l'Angleterre nous craignait, le
Turc n'osait plus faire un pas, la France de Richelieu grinçait
des dents, le Saint-Père recevait avec beaucoup de prudence
nos graves ambassadeurs vêtus de noir, et toute l'Europe
tremblait au passage des vieux tercios – encore la meilleure
infanterie du monde –, comme si le diable lui-même faisait
résonner leurs tambours. Moi qui ai vécu ces années et celles
qui vinrent ensuite, je vous jure qu'en ce siècle nous étions
encore ce que personne d'autre ne fut jamais. Et quand se
coucha enfin le soleil qui avait illuminé Tenochtitlán, Pavie,
Saint-Quentin, Lépante et Breda, le crépuscule se teignit du
rouge de notre sang, mais aussi de celui de nos ennemis.
Comme ce jour, à Rocroi, que je laissai dans la cuirasse d'un
Français la dague que m'avait donnée le capitaine Alatriste.
Vous me direz que tous ces efforts et ce courage, nous autres,
Espagnols, aurions dû les consacrer à construire un pays
décent, au lieu de les gaspiller en guerres absurdes, en filoute-
ries, en corruption, en chimères et en eau bénite. Ce qui est
bien vrai. Mais je raconte les choses comme elles se sont passées. Et puis, tous les peuples ne sont pas pareillement rai-
sonnables lorsqu'il s'agit de choisir leur destin, ni également
cyniques lorsqu'ils se justifient ensuite devant l'Histoire
ou devant eux-mêmes. Nous fûmes des hommes de notre
siècle : nous n'avions pas choisi de naître et de vivre dans
cette Espagne souvent misérable et parfois magnifique qui
nous échut en partage, mais elle fut nôtre. Telle est la malheureuse patrie – ou comme on voudra l'appeler aujourd'hui
– que j'ai dans la peau, dans mes yeux fatigués et dans ma
mémoire, que je le veuille ou non.

C'est dans cette mémoire que je vois, comme si c'était hier, Don Francisco de Quevedo au pied des marches de San Felipe. Comme à l'accoutumée, il était vêtu tout de noir, sauf le col blanc empesé et la croix rouge de Saint-Jacques sur le pourpoint, du côté gauche de la poitrine. Bien que l'après-midi fût ensoleillé, il portait sur les épaules la longue cape qui lui servait à dissimuler sa boiterie : une cape sombre dont le drap se relevait par-derrière sur le fourreau de l'épée. Une main négligemment posée sur le pommeau de sa flamberge, le chapeau dans l'autre, il conversait avec des connaissances. Le lévrier d'une dame s'approcha de lui jusqu'à frôler sa main droite gantée. La dame se trouvait juste à côté du marchepied d'une voiture, en conversation avec deux gentilshommes. Elle était belle. Don Francisco caressa la tête de l'animal tout en lançant un regard rapide et courtois à sa propriétaire. Le lévrier accourut à elle comme s'il était porteur de cette caresse et la dame remercia Don Francisco d'un sourire et d'un mouvement de son éventail, ce à quoi le poète répondit en inclinant légèrement la tête et en redressant sa moustache entre le pouce et l'index. Poète, fine lame, bel esprit célèbre comme pas un, Don Francisco était aussi, à l'époque où je le connus comme ami du capitaine Alatriste, dans la force de l'âge, un homme galant qui jouissait de la considération des dames. Stoïque, lucide, mordant, courageux, gaillard en dépit de sa boiterie, homme de bien malgré son mauvais caractère, généreux avec ses amis, implacable avec ses ennemis, il expédiait un adversaire aussi bien de deux quatrains bien tournés que d'un coup d'épée sur la Cuesta de la Vega.

Il se faisait aimer d'une dame par quelque délicate attention et un sonnet. Il savait aussi s'entourer de philosophes, de docteurs et de sages qui recherchaient sa conversation amène et sa compagnie. Jusqu'au bon Don Miguel de Cervantes, le plus bel esprit de tous les temps, n'en déplaise aux Anglais hérétiques avec leur Shakespeare, le Cervantes immortel assis à la droite de Dieu depuis ce jour où, sept ans plus tôt, ayant mis le pied à l'étrier, il s'en était allé vers l'autre vie, qui avait dit de Don Francisco qu'il était excellent poète et gentilhomme accompli dans ces vers célèbres :

> *Des poètes benêts voilà bien le fléau,*
> *qui du Parnasse expulsera à coup d'estoc*
> *les rimailleurs infâmes dont nous aurons le lot.*

Toujours est-il que cet après-midi Don Francisco, comme c'était son habitude, se trouvait sur le parvis de San Felipe pendant que Madrid se promenait dans la Calle Mayor après la course de taureaux, spectacle qu'il n'appréciait guère. Quand il vit apparaître le capitaine Alatriste qui se promenait avec le père Pérez, Fadrique le Borgne et moi-même, il prit congé de ceux qui l'entouraient avec beaucoup de politesse. J'étais loin de soupçonner à quel point cette rencontre allait nous compliquer l'existence, mettant en danger nos vies et plus particulièrement la mienne, et comment le Destin se plaît à tracer d'étranges combinaisons avec les hommes, leurs travaux et leurs périls. Si cet après-midi, tandis que Don Francisco s'approchait de nous avec l'expression affable qui lui était coutumière, quelqu'un avait dit que l'énigme de la femme retrouvée morte dans la matinée nous entraînerait dans une autre aventure, le sourire avec lequel le capitaine

Alatriste salua le poète se serait figé sur ses lèvres. Mais, avant qu'on les voie rouler, on ne sait jamais ce que vont donner les dés qui ont été jetés.

– Je dois vous demander une faveur, dit Don Francisco.

Entre le poète et le capitaine, ces paroles n'étaient que simples formalités, ce qu'indiqua clairement le regard, presque de reproche, que le capitaine lui adressa en entendant ces mots. Le jésuite et l'apothicaire étaient partis de leur côté et nous déambulions maintenant devant les étals qui entouraient la fontaine du Buen Suceso, à la Puerta del Sol. Les oisifs venaient s'y asseoir pour écouter le clapotis de l'eau ou regarder la façade de l'église et de l'hôpital royal. Le poète et le capitaine marchaient devant moi, côte à côte. Je me souviens encore de la sombre tenue du poète, cape pliée sur le bras, à côté du sobre pourpoint marron du capitaine, de sa culotte courte à la wallonne, de ses chausses boutonnées et de sa ceinture où pendaient son épée et sa dague, tandis que les deux hommes fendaient la foule dans la lumière incertaine du crépuscule.

– Je vous suis trop obligé, Don Francisco, pour que vous me doriez la pilule, dit Alatriste. Passez donc plutôt au deuxième acte.

Le poète rit doucement. Peu de temps auparavant, lors de l'aventure des deux Anglais, à quelques pas de là et précisément durant le deuxième acte d'une comédie de Lope de Vega, le capitaine s'était vu secourir par Don Francisco qui l'avait tiré d'un mauvais pas alors que les coups d'épée pleuvaient sur lui comme la grêle.

– J'ai des amis, dit Don Francisco, que j'apprécie et qui voudraient vous parler.

Il s'était retourné pour voir si j'écoutais la conversation, mais mon regard errait sur la place, ce qui parut le rassurer. En fait, je suivais attentivement ce qu'il disait. Dans cette ville et à cette époque, un garçon dégourdi apprenait vite. Et malgré mon jeune âge, j'avais fort bien compris qu'ouvrir tout grands les yeux et les oreilles ne faisait point de tort, bien au contraire. Dans la vie, le mal n'est pas de savoir mais de montrer que l'on sait. Et celui qui commet la sottise de montrer qu'il en sait trop risque autant que le niais qui n'en sait pas assez. Mieux vaut connaître la musique avant que ne commence le bal.

– On dirait que vous allez me parler d'un petit travail, répondit le capitaine.

C'était un euphémisme, bien entendu. Dans le métier de Diego Alatriste, les petits travaux se faisaient d'ordinaire dans des ruelles obscures, à tant le coup d'épée. Une estafilade au visage, couper l'oreille d'un créancier ou du galant de la légitime, un coup de pistolet à bout portant ou six pouces d'acier dans la gorge, il y avait pour tout un tarif établi. Sur cette place où nous étions, vous auriez pu trouver au moins une douzaine de professionnels avec qui conclure un marché.

– C'est exact, fit le poète en remontant ses besicles. Et un travail bien payé, je peux vous l'assurer.

Diego Alatriste regarda longuement son interlocuteur. J'observai quelques instants son profil aquilin sous le large bord de son chapeau orné d'une plume rouge défraîchie, seule note de couleur dans sa tenue.

– Vous avez donc décidé de me fâcher aujourd'hui,

Don Francisco, dit-il enfin. Vous prétendez que je me fasse payer pour un service que je vous rendrais ?

— Il ne s'agit pas de moi, mais d'un père et de ses deux jeunes fils. Ils ont un problème et ils sont venus me demander conseil.

Du haut de la fontaine de lapis-lazuli et d'albâtre, la Mariblanca nous regardait passer pendant que l'eau chantait à ses pieds. Les dernières lueurs du jour s'attardaient. Des soldats et des fiers-à-bras à l'aspect terrible avec leurs énormes moustaches et leurs formidables épées, sans parler de cette manière qu'ils avaient de se tenir debout en écartant les jambes, parlaient en groupes devant les portes fermées des boutiques de soieries, de draps et de livres, ou buvaient un verre devant les misérables tréteaux des marchands de boissons, au milieu de la foule des aveugles, des mendiants et des femmes de petite vertu. Alatriste connaissait certains des soldats. Ils le saluèrent de loin et il leur répondit distraitement en touchant le bord de son chapeau.

— Vous êtes mêlé à l'affaire ? demanda-t-il.

Don Francisco fit un geste ambigu.

— En partie seulement. Mais pour des raisons que vous comprendrez bientôt, je dois aller jusqu'au bout.

Nous croisâmes d'autres fiers-à-bras aux moustaches dressées et au regard perfide qui flânaient devant les grilles du Buen Suceso. Ce lieu, comme la rue de la Montera toute proche, était fréquenté par les soldats et les matamores. Les querelles y étaient fréquentes et l'on fermait la grille de l'église pour empêcher qu'après un échange de coups d'épée les fugitifs n'y trouvent asile pour se soustraire à la justice.

— Dangereux ?

— Très.

– Il faudra se battre, j'imagine.

– J'espère que non. Mais les risques sont plus grands qu'un simple coup de lame.

Le capitaine fit quelques pas en regardant en silence le chapiteau du couvent de la Victoria qui se dressait derrière les étroites maisons du fond de la place, au carrefour de la chaussée de San Jerónimo. Impossible de se promener dans cette ville sans tomber sur une église.

– Et pourquoi moi ? demanda-t-il enfin.

Don Francisco se mit à rire doucement, comme il l'avait fait un peu plus tôt.

– Pardieu, parce que vous êtes mon ami. Et aussi parce que vous êtes de ceux qui chantent fort mal avec les instruments à cordes, en dépit de tous les efforts des bourreaux, rapporteurs et greffiers.

Pensif, le capitaine passa deux doigt sur son col à la wallonne.

– Un travail bien payé, disiez-vous.

– De fait.

– Par vous ?

– Je voudrais bien. Mais j'en serais parfaitement incapable. Mon escarcelle est vide.

Alatriste continuait à se toucher la gorge.

– Chaque fois qu'on me propose une affaire bien payée, c'est pour que je mette le cou dans la corde du bourreau.

– C'est effectivement le cas, reconnut le poète.

– Par le Christ, la belle affaire que vous me proposez !

– Vous mentir serait une félonie.

Le capitaine regarda Quevedo d'un air ironique.

– Et comment se fait-il que vous vous mettiez dans des embarras semblables, Don Francisco ?... Juste au moment où vous avez retrouvé la faveur du roi, après votre longue disgrâce auprès du duc d'Osuna...

– C'est bien vrai, mon ami, se lamenta le poète. Maudit soit le sort qui me joue toujours des tours. Mais il est des engagements auxquels on ne peut se soustraire... Mon honneur est en jeu.

– Et votre tête, dites-vous.

Cette fois, ce fut Don Francisco qui regarda Diego Alatriste d'un air railleur.

– Et la vôtre, capitaine, si vous décidez de m'accompagner.

Le *si vous décidez* était superflu, et les deux hommes le savaient. Le capitaine garda le sourire pensif qu'il avait sur les lèvres, tourna la tête d'un côté puis de l'autre, esquiva un tas d'ordures puantes, salua distraitement une femme au généreux décolleté qui lui fit un clin d'œil derrière l'étal d'une gargote, et finit par hausser les épaules.

– Et pourquoi devrais-je le faire?... Mon ancien régiment part sous peu en Flandre et il m'arrive souvent de penser qu'un changement d'air me ferait du bien.

– Pourquoi devriez-vous le faire? – Don Francisco se caressait la moustache et le menton, pensif. A vrai dire, je n'en sais rien. Peut-être parce que lorsqu'un ami se trouve en difficulté, il ne nous reste plus qu'à nous battre.

– Nous battre?... Il y a un instant, vous disiez que vous pensiez bien qu'on n'en viendrait pas aux mains.

Le capitaine s'était retourné et regardait attentivement le poète. Le ciel s'obscurcissait déjà au-dessus de Madrid et les premières ombres venaient à notre rencontre, sorties des ruelles qui donnaient sur la place. Les contours des choses et les traits des passants commençaient à s'estomper.

Un marchand alluma une lampe. La lumière se mit à jouer sur les besicles de Don Francisco, sous le feutre de son chapeau.

– Et c'est vrai, dit le poète. Mais si quelque chose tourne mal, ce ne sont pas les coups de lame qui vont manquer.

Il rit tout bas, mais le cœur n'y était pas. Au bout d'un instant, j'entendis le capitaine Alatriste rire de la même manière. Après cela, ni l'un ni l'autre ne dirent un mot. Et moi, médusé par ce que je venais d'entendre, excité comme l'est quelqu'un qui se sait attiré vers de nouveaux périls, je continuais à marcher derrière leurs silhouettes sombres et silencieuses. Puis Don Francisco s'éloigna et le capitaine Alatriste resta un moment seul, immobile et muet dans la pénombre, sans que j'ose m'approcher de lui ni lui adresser la parole. Et il demeura ainsi, comme s'il avait oublié ma présence, jusqu'à ce que neuf coups sonnent à l'église de la Victoria.

II

LA CORDE AU COU

Ils arrivèrent le lendemain matin. J'entendis leurs pas faire grincer les marches de l'escalier. Quand j'allai ouvrir la porte, le capitaine y était déjà, en manches de chemise, très grave. Je remarquai que durant la nuit il avait nettoyé ses pistolets et que l'un d'eux, amorcé, était posé sur la table, près de la poutre où, pendu à un clou, se trouvait son ceinturon avec son épée et sa dague.

– Va te promener, Iñigo.

J'obéis. En sortant, je croisai Don Francisco de Quevedo qui montait les dernières marches, suivi de trois gentils-hommes qu'il faisait semblant de ne pas connaître. Je notai qu'ils n'avaient pas pris la porte de la rue de l'Arquebuse, mais plutôt celle par laquelle notre cour communiquait avec la taverne de Caridad la Lebrijana et qui donnait sur la rue de Tolède, plus fréquentée et donc plus discrète. Don Francisco me donna une tape amicale avant d'entrer et je m'en fus par la galerie, non sans jeter un coup d'œil aux trois hommes qui l'accompagnaient. Le premier était un homme d'âge mûr aux cheveux presque blancs. Les deux autres étaient jeunes, l'un sans doute âgé de dix-huit ans, l'autre dans la vingtaine, tous deux bien tournés. Ils semblaient être frères, ou parents. Tous trois étaient vêtus d'habits de voyage et paraissaient venir de loin.

Je vous jure que j'ai toujours été bien élevé et discret. Je ne suis pas fouineur, et je ne l'étais pas davantage à l'époque. Mais quand on a treize ans, le monde est un spectacle fascinant dont un jeune garçon ne veut pas perdre une miette. A cela il faut ajouter cette conversation entre Don Francisco et le capitaine Alatriste que j'avais saisie au vol la veille. Toujours est-il que, pour tout vous dire, je fis le tour de la galerie, me hissai jusqu'au toit avec l'agilité de mon extrême jeunesse et, après m'être laissé glisser jusqu'à la fenêtre, je rentrai chez nous en prenant grand soin de ne point faire de bruit, puis me cachai dans ma chambre, collé au fond d'un placard, près d'une certaine fente qui me permettait de voir et d'entendre ce qui se passait de l'autre côté. Sans faire de bruit et bien décidé à ne perdre aucun détail de cette histoire dans laquelle, selon ce qu'avait dit Don Francisco, Diego Alatriste et lui jouaient leur tête. Ce que j'ignorais, pardieu, c'était à quel point j'étais près de perdre la mienne.

– Attaquer un couvent, résumait le capitaine, c'est la peine capitale.

Don Francisco acquiesça en silence. Après avoir fait les présentations, il s'était tenu à l'écart, laissant les visiteurs parler. L'homme d'âge mûr avait mené la conversation. Il était assis à côté de la table sur laquelle se trouvaient son chapeau, un pichet de vin auquel personne n'avait touché et le pistolet du capitaine. L'homme reprenait la parole :

– Le danger est certain. Mais il n'y a pas d'autre moyen de sauver ma fille.

Il avait tenu à se nommer lorsque Don Francisco l'avait présenté, même si Diego Alatriste lui avait bien dit que ce n'était pas nécessaire. Il s'appelait Don Vicente de la Cruz. C'était un vieux gentilhomme de Valence, de passage à Madrid, maigre, les cheveux et la barbe presque complètement blancs. Il devait avoir plus de soixante ans, mais il était encore vert et marchait comme un jeune homme. Ses fils lui ressemblaient beaucoup. L'aîné, Don Jerónimo, frisait les vingt-cinq ans. Don Luis était le plus jeune. Malgré tout son aplomb, il n'avait pas plus de dix-huit ans. Les trois étaient habillés simplement de vêtements de voyage et de chasse : costume noir pour le père, pourpoints de drap bleu et vert foncé pour les fils, avec des baudriers et des ornements à la mode d'autrefois. Tous portaient l'épée et la dague au ceinturon. Leurs cheveux très courts et le même regard franc accentuaient leur air de famille.

– Qui sont les prêtres ? demanda Alatriste.

Il était debout, adossé contre le mur, les pouces dans la ceinture, s'interrogeant encore sur ce qu'il venait d'entendre. En réalité, il regardait plus Don Francisco que les visiteurs, comme pour lui demander dans quel enfer il venait de l'envoyer. De son côté, appuyé contre la fenêtre, le poète observait les toits voisins, comme s'il se désintéressait de ce qui se passait dans la pièce. De temps en temps, il se retournait vers Alatriste pour lui lancer un regard sans expression, tout à fait de circonstance, ou scrutait ses ongles avec une attention inhabituelle.

– Le père Juan Coroado et le père Julián Garzo, répondit Don Vicente. Ce sont les maîtres du couvent. Sœur Josefa, la supérieure, ne fait que répéter ce qu'ils lui disent. Les autres religieuses sont de son côté ou vivent dans la terreur.

Le regard du capitaine croisa celui de Don Francisco de Quevedo. Je regrette, disait silencieusement le poète. Vous seul pouvez m'aider.

– Le père Juan, l'aumônier, continuait Don Vicente, est la créature du comte d'Olivares. Son père, Amandio Coroado, a fondé à ses frais le couvent des bienheureuses adoratrices et c'est le seul banquier portugais sur qui peut compter le favori du roi. Maintenant qu'Olivares veut se débarrasser des Génois, Coroado est son meilleur atout pour soutirer de l'argent au Portugal, pour la guerre de Flandre… Son fils jouit donc d'une impunité absolue, dans le couvent comme à l'extérieur.

– Vos accusations sont graves.

– Elles sont amplement démontrées. Ce Juan Coroado n'est pas un prêtre inculte et crédule, comme il y en a tant, ni illuminé, ni simple quémandeur, ni fanatique. Il a trente ans, de l'argent, une place à la cour, et il est bel homme… C'est un pervers qui a fait du couvent son sérail personnel.

– Il y aurait un autre mot plus juste, père, dit alors le fils cadet.

Sa voix tremblait de colère et il se contenait manifestement à grand-peine, par respect pour le vieil homme. Don Vicente de la Cruz le reprit d'une voix sévère :

– Peut-être. Mais puisque ta sœur est là-bas, tu t'abstiendras de le prononcer.

Le jeune homme pâlit en inclinant la tête pendant que

son frère aîné, plus silencieux et maître de lui-même, lui posait la main sur le bras.

– Et l'autre prêtre ? demanda Alatriste.

La lumière qui entrait par la fenêtre devant laquelle se trouvait Don Francisco éclairait de côté le visage du capitaine, laissant l'autre moitié dans l'ombre mais accusant ses cicatrices : celle du sourcil gauche et l'autre, plus fraîche, à la naissance des cheveux, au milieu du front, souvenir de l'escarmouche du théâtre du Prince. La troisième cicatrice visible, elle aussi récente, laissée par une dague, barrait le dos de sa main gauche depuis l'embuscade de la Porte des Ames. Et sous ses vêtements, il avait encore quatre autres anciennes blessures. La dernière, reçue à Fleurus, celle qui lui avait valu d'être licencié, continuait parfois à l'empêcher de dormir.

– Le père Julián Garzo est le confesseur, répondit Don Vicente de la Cruz. C'est lui aussi un gros poisson. Un de ses oncles est membre du Conseil de Castille... Il est intouchable, comme l'autre.

– Si je comprends bien, deux hommes dont il faut se garder.

Le poing serré sur le pommeau de son épée, Don Luis, le fils cadet, bouillait de colère :

– Vous devriez plutôt dire deux misérables canailles.

Sa voix tremblait d'un courroux qui le faisait paraître plus jeune, avec ce duvet blond qui n'avait pas encore connu le rasoir et qui obscurcissait à peine sa lèvre supérieure. Son père lui adressa un autre regard sévère pour lui imposer le silence, puis il continua son récit :

– Les murs de l'Adoration sont assez épais pour tout cacher : un aumônier qui dissimule ses appétits lascifs sous des allures hypocrites de mystique, une supérieure stupide et crédule et une congrégation de malheureuses qui croient avoir des visions célestes ou être possédées du démon – le vieil homme parlait en caressant sa barbe et il avait visiblement beaucoup de peine à conserver son calme et sa dignité. On leur dit même que l'amour et l'obéissance à l'aumônier sont essentiels pour accéder à Dieu et que certaines caresses et actes malhonnêtes, dictés par le directeur spirituel, sont le chemin de la plus haute perfection.

Diego Alatriste n'était guère surpris. Dans l'Espagne de notre très catholique monarque Philippe IV, la foi était généralement sincère. Mais ses manifestations extérieures étaient souvent l'hypocrisie chez les grands, la superstition chez le vulgaire. Une bonne partie du clergé était fanatique et ignorante, refuge des paresseux qui fuyaient le travail et le métier des armes, ou encore ambitieuse et immorale, plus soucieuse de s'enrichir que d'œuvrer à la gloire de Dieu. Alors que les pauvres payaient des impôts dont étaient exemptés les riches et les religieux, les jurisconsultes discutaient pour savoir si l'immunité ecclésiastique était ou non de droit divin. Et plusieurs abusaient de la tonsure pour satisfaire des appétits et intérêts mesquins. A côté de prêtres sans aucun doute de saints et honorables hommes, on trouvait donc tout aussi bien des coquins, des envieux et des gredins : des prêtres qui vivaient avec femme et enfants, des confesseurs qui faisaient des propositions à leurs pénitentes, des coureurs de religieuses, des couvents où se cachaient des liaisons amoureuses, des aventures et des scandales, tout cela était le pain, pas précisément bénit, de chaque jour.

– Et personne ne s'est plaint de ce qui se passe dans le couvent ?

Don Vicente de la Cruz hocha la tête, découragé.

– Si. Moi. J'ai même envoyé un mémoire détaillé au comte d'Olivares. Mais je n'ai pas eu de réponse.

– Et l'Inquisition ?

– Elle est au courant. J'ai eu une conversation avec un membre du Conseil du Tribunal suprême. Il m'a promis de s'occuper de l'affaire et je sais qu'il a envoyé deux trinitaires au couvent. Mais les pères Coroado et Garzo ont si bien fait, avec le concours de la supérieure, qu'ils les ont convaincus que tout était en ordre.

– C'est quand même curieux, fit Don Francisco de Quevedo. L'Inquisition en veut au comte d'Olivares et le prétexte serait bon pour lui porter ombrage.

Le gentilhomme valencien haussa les épaules.

– C'est ce que nous pensions. Mais ils croient sans doute que c'est viser bien haut pour une simple novice. De plus, mère Josefa, la supérieure, a une réputation de femme pieuse à la cour : elle fait dire une messe tous les jours ainsi que des prières spéciales pour que le favori et le roi aient des enfants mâles... Ce qui lui vaut respect et prestige, quand en réalité, sous son bavardage, c'est une femme simplette à qui les manières et la prestance de l'aumônier ont fait perdre le peu de cervelle qu'elle avait. Le cas n'a rien de rare : aujourd'hui, la moindre supérieure doit avoir au moins cinq stigmates et être en odeur de sainteté – méprisant, le vieil homme souriait avec amertume. Ses penchants mystiques, son désir de jouer un rôle, ses rêves de grandeur et ses relations font qu'elle se croit une nouvelle sainte Thérèse. Et puis, le père Coroado distribue les ducats à pleines mains et l'Adoration est le couvent le plus riche de Madrid. Bien des familles veulent y placer leurs filles.

J'écoutais par la fente, plutôt honteux malgré mon jeune

âge. Je vous ai déjà dit qu'à l'époque un jeune garçon grandissait vite dans ce Madrid de mauvais sujets, dangereux, turbulent et fascinant tout à la fois. Dans une société où la religion et l'immoralité marchaient main dans la main, il était de notoriété publique que les confesseurs exerçaient une possession tyrannique sur les âmes et parfois les corps des femmes pieuses, avec les scandales qui en résultaient. Quant à l'influence des religieux, elle était immense. Les différents ordres s'affrontaient ou s'alliaient entre eux, les prêtres en venaient à interdire aux fidèles de se réconcilier, imposaient la rupture des liens familiaux et prêchaient même la désobéissance à l'autorité quand l'envie leur en prenait. Et il n'était pas rare non plus que les prêtres galants usent d'un langage mystico-amoureux, ou dissimulent sous des subterfuges spirituels ce qui n'était qu'appétits et passions humaines, ambition et luxure. Le personnage du prêtre qui sollicite les faveurs de ses ouailles était bien connu et fit souvent l'objet de vers satiriques au cours du siècle, comme dans *La Grotte de Meliso* :

> *On vous verra alors courir les confessions*
> *avec belles servantes*
> *de Dieu, que vous prendrez ainsi que des amantes,*
> *et elles honorées*
> *tant redoutaient d'être possédées du démon.*

La chose n'était pas inhabituelle en cette époque de superstition et de piété excessives qui faisaient l'affaire de tant de coquins, pendant que les Espagnols se déchiraient dans des luttes intestines, mal nourris et encore moins bien gouvernés, entre le pessimisme général et le désabusement, cherchant dans la religion tantôt le réconfort face à l'abîme, tantôt effrontément les simples avantages terrestres. Situation qu'aggravait le nombre des prêtres et des religieuses sans vocation – il y avait plus de neuf mille couvents quand j'étais jeune –, car les bonnes familles désargentées qui ne pouvaient marier leurs filles avec suffisamment de faste avaient coutume de les faire entrer en religion ou les enfermaient de force dans les couvents après quelque faux pas dans le monde. Les cloîtres regorgeaient ainsi de ces femmes sans vocation dont parle Luis Hurtado de Toledo, l'auteur – ou plutôt le traducteur – du *Palmerín de Inglaterra*, dans ces autres vers célèbres :

> *Nos pères, pour donner*
> *fortune à leurs infants,*
> *nous firent dépouiller*
> *et nous mettre au couvent*
> *qui tant attente à Dieu.*

Don Francisco de Quevedo était toujours devant la fenêtre, un peu à l'écart, regardant distraitement les chats qui se promenaient sur les toits comme des soldats désœuvrés. Le capitaine lui lança un long regard avant de se tourner vers Don Vicente de la Cruz.

– Je ne comprends pas, dit-il, comment votre fille a pu se retrouver dans une situation pareille.

Le vieil homme ne répondit pas tout de suite. La lumière qui accentuait les cicatrices du capitaine faisait ressortir sur son front une profonde ride verticale.

– Elvira est arrivée à Madrid avec deux autres novices quand on a fondé l'Adoration, il y a près d'un an. Elles sont venues accompagnées d'une duègne, une femme qui nous avait été chaudement recommandée et qui devait s'occuper d'elles jusqu'à ce qu'elles prononcent leurs vœux.

– Et que dit la duègne ?

Le silence se fit si dense qu'on aurait pu le couper avec un cimeterre. Don Vicente de la Cruz regarda pensivement sa main droite qu'il avait posée sur la table : maigre, noueuse, mais encore ferme. Sourcils froncés, ses fils avaient les yeux fixés par terre, comme s'ils contemplaient quelque chose au bout de leurs bottes. Don Jerónimo, l'aîné, plus bourru et moins loquace que son frère, avait ce regard fixe et dur que j'avais déjà vu chez certains hommes, un regard dont j'apprenais à me défier : alors que d'autres fanfaronnent, font sonner l'épée contre les meubles et parlent haut, ils restent seuls dans un coin du tripot, observent sans sourciller, sans perdre aucun détail, sans prononcer le moindre mot, jusqu'à ce que d'un coup ils se lèvent et, impassibles, vous descendent d'un coup de lame ou de pistolet à bout portant. Le capitaine Alatriste était du nombre. Et moi, à force de le fréquenter, je commençais à reconnaître les gens de cette trempe.

– Nous ne savons pas où est passée la duègne, dit enfin le vieil homme. Elle a disparu il y a quelques jours.

Le silence retomba. Cette fois, Don Francisco de Quevedo cessa de contempler les toits et les chats. Son regard, mélancolique à l'extrême, croisa celui de Diego Alatriste.

– Disparu, répéta le capitaine d'un air pensif.

Les fils de Don Vicente de la Cruz contemplaient toujours le sol sans dire un mot. Finalement, leur père hocha brusquement la tête. Il regardait toujours sa main, immobile sur la table, à côté du chapeau, du pichet de vin et du pistolet du capitaine.

– Exactement, dit-il.

Don Francisco de Quevedo s'écarta de la fenêtre et, après avoir fait quelques pas dans la pièce, s'arrêta devant Alatriste.

– On raconte, murmura-t-il, qu'elle faisait l'entremetteuse pour le père Juan Coroado.

– Et elle a disparu.

Dans le silence qui suivit, le capitaine et Don Francisco
se regardèrent quelques instants dans les yeux.

– C'est ce qu'on dit, confirma enfin le poète.

– Je comprends.

Moi aussi je comprenais dans ma cachette, même
s'il m'était difficile de saisir quel rôle pouvait bien jouer
Don Francisco dans une si ténébreuse affaire. Quant au reste,
la bourse – selon ce que nous avait raconté Martín Saldaña –
qu'on avait trouvée avec la femme étranglée dans la chaise à
porteurs ne suffirait peut-être pas à assurer le salut de son
âme. Je collai contre la fente de mon placard un œil grand
ouvert par la stupeur, regardant avec un nouveau respect
Don Vicente de la Cruz ni ses fils. Le père ne me paraissait
déjà plus si vieux et ses fils si jeunes. Finalement, pensai-je en
frissonnant, il s'agissait de leur sœur et de sa fille. Moi aussi
j'avais des sœurs là-bas, à Oñate, et je ne sais trop jusqu'où
j'aurais été capable d'aller pour elles.

– Maintenant, reprenait le père, la supérieure dit qu'Elvira a complètement renoncé au monde. Il y a huit mois que
nous ne pouvons la visiter.

– Pourquoi ne s'est-elle pas échappée ?

Le vieil homme fit un geste d'impuissance :

– Elle ne sait presque plus ce qu'elle fait. Les religieuses
et les novices se surveillent et se dénoncent les unes les
autres... Imaginez la situation : visions et exorcismes, préten-
dues confessions qui se déroulent à porte fermée sous prétexte de faire sortir le démon, jalousies, envies, rancœurs de
couvent – son expression sereine se transforma en un masque

de douleur. Presque toutes les sœurs sont très jeunes, comme Elvira. Celle qui ne se croit pas possédée par le démon s'invente des visions célestes, pour attirer l'attention. La supérieure, stupide et sans volonté, est la chose de l'aumônier qu'elle prend pour un saint. Et le père Juan et son acolyte vont de cellule en cellule pour réconforter les pauvres religieuses.

– Avez-vous parlé à l'aumônier ?

– Une fois. Et sur la vie du roi, si je n'avais été dans le parloir du couvent, je l'aurais tué sur-le-champ – Don Vicente de la Cruz leva la main qu'il avait posée sur la table, indigné, comme s'il regrettait de ne pas la voir rouge de sang. Malgré mes cheveux blancs, il m'a ri au nez avec une insolence inouïe. Parce que notre famille...

Il s'interrompit et regarda douloureusement ses fils. Le plus jeune avait le visage défait, blême. Son frère détournait le regard, l'air sombre.

– C'est qu'en réalité, continua le vieil homme, la pureté de notre sang n'est pas absolue... Mon bisaïeul était un juif converti et mon grand-père a eu maille à partir avec l'Inquisition. Ce n'est qu'avec de l'argent que nous avons pu tout régler. Cette canaille de père Coroado a su en tirer parti. Il menace de dénoncer ma fille comme judaïsante... Et nous aussi.

– Ce qui est faux, dit le fils cadet. Si nous avons le malheur de ne pas être vieux chrétiens, notre famille est au-dessus de tout soupçon. La preuve en est que Don Pedro Téllez, duc d'Osuna, a honoré mon père de sa confiance quand il était à son service en Sicile...

Il se tut brusquement et, livide un instant plus tôt, rougit jusqu'au blanc des yeux. Je vis le capitaine Alatriste échanger un regard avec Don Francisco. Le lien était clair à présent. Pendant son mandat de vice-roi de Sicile puis de Naples, le duc d'Osuna avait été l'ami de Quevedo, l'entraînant avec lui dans sa chute. L'obligation qui liait le poète à Don Vicente de la Cruz passait donc par là et la disgrâce de ce dernier à la cour était de la même eau. Don Francisco savait lui aussi ce que c'est que de se voir abandonné par ceux qui naguère sollicitaient faveurs et influence.

– Quel est le plan ? demanda le capitaine.

Je perçus dans sa voix un ton que je connaissais bien : résignation de l'ancien soldat prêt à affronter simplement un mauvais moment qui fait partie de son métier, absence d'illusions sur le succès ou l'échec de l'entreprise, décision lasse, silencieuse, dépourvue de tout intérêt, si ce n'est pour les détails pratiques. Bien des fois par la suite, au cours des années que nous allions passer ensemble d'aventures en aventures et dans les guerres du roi, je reconnus ce même ton de voix, ce même regard inexpressif, vide, qui de façon si singulière durcissait les yeux clairs du capitaine quand, en campagne, après la longue immobilité de l'attente, les tambours résonnaient et les tercios se mettaient en marche vers l'ennemi de ce pas admirable, lent et majestueux, sous les vieux drapeaux qui nous menaient à la gloire ou au désastre. Ce même regard et ce ton d'infinie lassitude furent aussi les miens bien des années plus tard : le jour où parmi les restes d'un carré espagnol, la dague entre les dents, le pistolet dans une main et l'épée dans l'autre, je vis s'approcher la cavalerie française lors de la dernière charge, pendant que se couchait en Flandre, rouge de sang, le soleil qui durant deux siècles avait inspiré la peur et le respect au monde. Mais ce matin de 1623, à Madrid, Rocroi n'existait encore que dans le livre secret du Destin, et il allait encore falloir attendre deux décennies cette date funeste. Notre roi était jeune et gaillard. Madrid était la capitale de deux mondes et moi-même j'étais un jeune garçon imberbe et impatient, aux aguets derrière la fente de mon placard, attendant la réponse à la question du capitaine : le plan que Don Vicente de la Cruz et ses fils étaient venus lui proposer par l'entremise de Don Francisco de Quevedo. Le vieil homme allait parler quand un chat se glissa par la fenêtre et vint se promener entre mes jambes. J'essayai de le chasser sans faire de bruit. Par malchance, je fis alors un mouvement trop brusque. Un balai et un ramasse-poussière de fer-blanc tombèrent avec un grand fracas. Et quand je levai les yeux, épouvanté, la porte s'ouvrait déjà à la volée. L'instant d'après, le fils aîné de Don Vicente de la Cruz se trouvait devant moi, une dague à la main.

– Je vous croyais très pointilleux sur la pureté du sang, Don Francisco, dit le capitaine Alatriste. Je n'aurais jamais imaginé que vous vous mettriez la corde au cou pour une famille de juifs convertis.

Il souriait amicalement en se cachant derrière sa moustache. Assis à la table, l'air grognon, Don Francisco s'envoyait le pichet de vin que jusque-là personne n'avait touché. Don Vicente de la Cruz et ses fils s'en étaient allés après s'être entendus avec le capitaine. Nous étions seuls tous les trois dans la pièce.

– Bien fol qui ne varie, murmura le poète.

– Vous avez raison. Mais si votre cher Luis de Góngora

l'apprend, vous n'aurez plus qu'à vous mettre dans un trou de souris. Le sonnet risque de n'être pas piqué des vers.

– Je le sais bien, pardieu.

C'était vrai. A une époque où la haine des juifs et des hérétiques était le complément indispensable de la foi – Lope de Vega et le bon Miguel de Cervantes s'étaient félicités, à peine quelques années plus tôt, de l'expulsion des morisques –, Don Francisco de Quevedo, très fier de ses origines de vieux chrétien de Santander, ne se caractérisait pas précisément par sa tolérance à l'égard des gens de sang douteux. Bien au contraire, il faisait usage de cette flèche contre ses adversaires et plus particulièrement contre Don Luis de Góngora à qui il prêtait du sang judaïque :

> *La langue grecque, pourquoi la haïr,*
> *quand tu es de l'hébraïque rabbin,*
> *ce que ton nez ne saurait démentir ?*

Gentillesses que le grand satiriste aimait à faire alterner avec des accusations de sodomie gongoresque, comme dans ce fameux sonnet qui se termine ainsi :

> *Pire est ta tête que mes pieds.*
> *Je boite des deux, je l'avoue,*
> *mais toi, giton, des trois, avoue.*

Et voici donc que Don Francisco Gómez de Quevedo y Villegas, chevalier de Saint-Jacques, de famille irréprochable, seigneur de la Torre de Juan Abad, fléau des judaïsants, des hérétiques, des sodomites et des gongoristes de tous poils, préparait rien moins que le viol de l'enceinte sacrée d'un couvent pour sauver, au risque de sa vie et de son honneur, une famille de juifs convertis valenciens. Malgré mon jeune âge, je comprenais fort bien la terrible gravité de l'affaire.

– Je le sais bien, pardieu, répéta le poète.

N'importe quel quidam, je suppose, aurait juré en grec et même en hébreu – langues que dominait Don Francisco – plutôt que de se trouver dans sa peau. Et le capitaine Alatriste qui n'était pas dans la peau de Quevedo, mais qui avait déjà assez de mal à rester dans la sienne, en était fort conscient. Les pouces enfoncés sous son ceinturon, le capitaine était toujours appuyé contre le mur d'où il n'avait pas bougé pendant toute la conversation avec nos visiteurs. Il n'avait même pas changé de posture quand Jerónimo de la Cruz était revenu dans la pièce, sa dague à la main, me tenant fermement par la peau du cou. Il s'était contenté de lui ordonner de me relâcher d'un ton si péremptoire que l'autre, après un instant d'hésitation, lui obéit presque aussitôt. Quant à moi, après ce mauvais traitement et la peur que j'avais eue, j'étais accroupi dans mon coin, encore rouge de honte, essayant de faire oublier ma présence. Il n'avait pas été très facile de convaincre les étrangers que, même désobéissant, j'étais un garçon avisé et digne de confiance. Il fallut que Don Francisco lui-même se porte garant de moi. Mais, au bout du compte, j'avais tout entendu. Don Vicente et ses fils ne pouvaient faire autrement que de se fier à moi. De toute façon, comme le dit très lentement le capitaine en les regardant tous avec ses yeux froids et dangereux, ils n'avaient pas le choix. Il y avait eu ensuite un long silence, après quoi plus personne n'avait parlé de moi.

– Ce sont des gens honorables, dit enfin Quevedo. Et de bons catholiques à qui on ne peut rien reprocher – il s'arrêta, cherchant d'autres justifications qu'il semblait croire nécessaires. Et puis, quand nous étions en Italie, Don Vicente m'a rendu de fiers services. J'aurais été un coquin de ne pas lui tendre la main.

Le capitaine Alatriste fit signe qu'il comprenait, sans que sa moustache de militaire dissimule complètement son sourire narquois.

— Je vous entends, dit-il. Mais j'insiste sur Góngora. En fin de compte, c'est vous qui ne cessez de parler de son nez sémite et de son aversion pour le porc... Comme dans ces vers que vous avez composés :

> *Chrétien tu n'es pas vieux :*
> *blancs ne sont tes cheveux ;*
> *fils de rien, oui, sans doute,*
> *mais fils de quelqu'un, j'en doute.*

Don Francisco se lissa la moustache et la barbe, content que le capitaine se souvienne de ses vers, mais fâché qu'il les récite sur ce ton moqueur :

— Palsambleu, quelle bonne mémoire vous avez, et combien inopportune.

Alatriste se mit à rire sans plus chercher à se retenir, ce qui n'eut pas l'effet de rendre le poète d'humeur moins chagrine.

— J'imagine déjà les vers de votre adversaire – insistait le capitaine en levant deux doigts, comme s'il écrivait en l'air tout en improvisant :

> *Don Francisco, tu m'accuses d'être marrane*
> *alors que d'hébraïsme tu donnes la manne...*

– ... Assez, capitaine, assez !

Le feu montait au visage de Don Francisco. La conversation tournait au vinaigre et, avec tout autre que Diego Alatriste, le poète aurait depuis longtemps dégainé son épée.

– Vos vers sont mauvais et manquent d'esprit, se contenta-t-il de répondre, renfrogné. Ils pourraient être de la main de ce sodomite cordouan et de cet autre ami que vous avez, le comte de Guadalmedina dont je ne discute pas les qualités de gentilhomme mais qui, comme poète, est la honte du Parnasse... Quant à Góngora, ce n'est pas ce triste sire plein de pompe et d'enflure, ce faiseur d'histoires, ce flagorneur de curés, ce fouilleur de ténèbres, lui qui fait ombre au soleil et empoisonne l'air qu'on respire, ce n'est pas lui, disais-je, qui m'inquiète à présent... Je crains en effet, comme vous le dites, de vous avoir mis dans un mauvais pas – il s'empara du pichet de vin et en prit une autre lampée en me lançant un regard. Et le petit aussi.

Le petit, c'est-à-dire votre serviteur, était toujours dans son coin. Le chat était passé trois fois devant moi et j'avais essayé de lui donner des coups de pied sans trop de succès. Je vis qu'Alatriste me regardait lui aussi et qu'il ne souriait plus. Finalement, il haussa les épaules.

– Le petit s'est mêlé tout seul de ce qui ne le regardait pas, déclara-t-il d'une voix tranquille. Quant à moi, ne vous inquiétez pas – il montra la bourse pleine d'écus d'or posée au centre de la table. Ils ont payé et l'argent chasse les mauvais rêves.

– Peut-être.

Le poète ne paraissait pas convaincu, et une moue ironique apparut de nouveau sous la moustache d'Alatriste.

– Par tous les diables, Don Francisco, il est un peu tard

pour vous lamenter, après que vous m'avez mis jusqu'au cou dans cette histoire.

Tête basse, le poète but une autre gorgée de vin, puis une autre. Son regard commençait à se troubler.

– C'est que mettre un couvent cul par-dessus tête, ce n'est pas une mince affaire.

Le capitaine s'était avancé vers la table et désamorçait son pistolet.

– Et prendre Constantinople non plus, pardieu. On dit qu'un grand-oncle de ma mère, un homme fort connu à l'époque de l'empereur Charles Quint, le fit une fois à Séville. Je ne parle pas de Constantinople mais de couvent, bien sûr.

Don Francisco releva la tête, curieux.

– Celui qui a inspiré *Don Juan, le séducteur de Séville*, la comédie de Tirso de Molina ?

– C'est ce qu'on dit.

– J'ignorais que vous fussiez parents.

– Vous voyez, l'Espagne est un mouchoir de poche.

Les besicles de Don Francisco pendaient au bout de leur cordon. Il les prit entre ses doigts, sans les chausser, pensif. Puis il les laissa retomber sur la croix brodée sur sa poitrine et tendit la main vers le pichet de vin pour boire une dernière gorgée, fort longue, en regardant le capitaine d'un air lugubre.

– Eh bien, le troisième acte n'a guère été clément pour votre oncle, pardieu.

III

LA FONTAINE

Le lendemain, Diego Alatriste, Don Francisco de Quevedo et moi-même fûmes à la messe. Chose assez extraordinaire car si Don Francisco, de par le fait qu'il portait l'habit de Saint-Jacques, se faisait un point d'honneur d'observer les préceptes de l'Église, le capitaine n'était nullement porté aux *dominus vobiscum*. Mais s'il jurait et blasphémait, modérément au demeurant, souvenir de son ancien métier de soldat, jamais de toutes ces années que j'ai passées à ses côtés je ne l'ai entendu prononcer le moindre mot contre la religion, pas même dans la Taverne du Turc quand il discutait avec le père Pérez de points de controverse ou de questions touchant au clergé. Alatriste ne pratiquait pas ponctuellement les rites de l'Église, mais il respectait les tonsures, les soutanes et les cornettes, comme il respectait l'autorité et la personne du roi : par discipline de soldat, ou peut-être à cause de cette stoïque indifférence qui semblait gouverner ses humeurs et son caractère. J'ajouterai que, s'il allait peu à la messe, il m'obligea toujours à m'acquitter de mes devoirs envers Dieu tant que je fus garçon. J'accompagnais Caridad la Lebrijana les dimanches et jours de fête – comme toutes les anciennes putains, la Lebrijana était extrêmement pieuse – ou encore le père Pérez qui, les jours de la semaine, à la demande d'Alatriste, m'enseignait la grammaire, un peu de latin et quelques rudiments de catéchisme et d'histoire sainte pour que, disait le capitaine, personne ne puisse me confondre avec un Turc ou un maudit hérétique.

L'homme était un tissu de contradictions. Peu de temps après, en Flandre, j'eus l'occasion de le voir tête baissée et un genou en terre quand les tercios se préparaient à combattre et que les chapelains parcouraient les rangs, nous bénissant tous. Ce n'était pas pour simuler une piété qui n'était pas la sienne, mais par respect pour les camarades qui allaient mourir en croyant à l'efficacité de ces bénédictions. Car le Dieu d'Alatriste ni ne s'apaisait par les louanges ni ne s'offensait des blasphèmes. C'était un être puissant et impassible qui ne tirait pas les ficelles des marionnettes de son petit théâtre qu'était le monde, se contentant de les observer. C'était tout au plus celui qui, avec un jugement incompréhensible pour les acteurs de la comédie humaine – pour ne pas dire de cette mascarade –, manipulait la machine du théâtre, faisant s'ouvrir des chausse-trapes ou pivoter des portes dérobées, vous mettant tantôt dans de vilains draps et tantôt vous sortant des situations les plus contraires. Il pouvait bien être ce lointain moteur premier ou cette cause de toutes les causes, comme le père Pérez nous l'avait dit un jour qu'il avait un peu abusé du vin doux, en essayant de nous expliquer les cinq preuves de saint Thomas. En ce qui concerne le capitaine, son interprétation était peut-être plus proche de ce que les Romains, si j'en crois le latin que j'appris du bon père, appelaient *fatum*. Je me souviens de l'expression impavide et taciturne d'Alatriste quand l'artillerie ennemie ouvrait des brèches dans nos carrés et que les autres soldats se signaient en se recommandant au Christ et à la Très Sainte Vierge, se souvenant d'un coup des prières de leur enfance. Et lui murmurait *amen* avec eux, pour qu'ils se sentent moins seuls quand ils tombaient à terre, mortellement blessés. Mais ses yeux clairs et froids suivaient les rangs ondulants de la cavalerie ennemie, le tir des mousquets qui pleuvait du glacis d'une digue, les bombes fumantes qui zigzaguaient par terre avant d'éclater en un éclair qui faisait la pâture du diable. Cet *amen* ne l'engageait à rien, comme on pouvait le voir à son regard absorbé, à son profil aquilin de vieux soldat, attentif seulement au roulement monotone du tambour au centre du tercio, roulement aussi lent et impassible que le pas tranquille de l'infanterie espagnole et que le battement serein de son cœur. Car le capitaine Alatriste pouvait servir son Dieu comme il servait son roi : il n'avait pas besoin de l'aimer, ni même de l'admirer. Mais il le respectait et obéissait à ses ordres. Je le vis une fois se battre pour un drapeau et pour le corps de notre maître de camp, Don Pedro de la Daga, certain jour que pleuvaient les coups et la mitraille sur les bords de la Merck, près de Breda. Mais je sais cependant que s'il faillit bien laisser sa peau pour ce corps criblé de balles, et moi avec lui, il se moquait éperdument de Don Pedro de la Daga et du drapeau. C'était le côté déconcertant du capitaine : il pouvait se montrer respectueux envers un Dieu qui lui était indifférent, se battre pour une cause à laquelle il ne croyait point, se soûler avec un ennemi, ou mourir pour un maître de camp ou un roi qu'il méprisait.

Nous fûmes donc à la messe, mais pas par piété. L'église, comme vous l'aurez sans doute deviné, était celle du couvent des bienheureuses adoratrices, près du palais et presque en face de celle de l'Incarnation, à côté de la petite place du même nom. La messe de huit heures y était très courue, car Doña Inés de Zúñiga, légitime du comte d'Olivares, venait y faire ses dévotions. De plus, l'aumônier Don Juan Coroado avait réputation de bel homme devant l'autel et de beau parleur en chaire. L'endroit n'était donc pas fréquenté seulement par les mangeuses de crucifix, mais aussi par des dames de qualité, appâtées par la comtesse d'Olivares ou par l'aumônier, et par d'autres qui, sans être de qualité, prétendaient l'être. Jusqu'aux filles de joie et aux comédiennes de petite vertu – plus pieuses encore que les autres – qui se laissaient emporter par la dévotion de rigueur en ce lieu, chargées de fards sous les plis de la mantille, toutes dentelles et petits points de Lorraine et de Provence, les dentelles de Flandre étant réservées aux dames de plus haute qualité. Et comme lorsqu'il y a des femmes, de qualité ou pas, les hommes accourent en plus grand nombre que les poux sur le pourpoint d'un muletier, la petite église était pleine à craquer pour la fameuse messe de huit heures, et, pendant que les maquerelles priaient ou lançaient les flèches de Cupidon par-dessus leur éventail, les galants se mettaient à l'affût derrière les piliers ou près du bénitier pour servir les dames d'eau bénite, laissant les mendiants sur les marches du parvis exhiber leurs plaies, leurs pustules et leurs mutilations qu'ils disaient tenir de Flandre, et même de Lépante, et se chamailler pour s'assurer des meilleures places à la sortie de la messe, prêts à apostropher vertement les messieurs qui se donnaient des airs mais ne déliaient point les cordons de leur bourse pour faire l'aumône d'un triste sou de cuivre.

Nous nous postâmes tous les trois près de la porte. De là, nous pouvions voir la nef de l'église, remplie de fidèles – si étroite qu'un peu plus et il aurait fallu représenter le Christ du maître-autel pendu plutôt que crucifié, faute d'espace –, de même que le chœur et la grille du couvent. Chapeau à la main et cape sur le bras, le capitaine étudiait attentivement les lieux comme plus tôt, lorsque nous étions arrivés à l'église, il avait examiné dans tous leurs détails la façade du couvent et le mur du jardin. La messe en était rendue à l'évangile et, quand l'officiant se retourna vers les fidèles, j'eus l'occasion de voir le visage du fameux aumônier Coroado qui disait son latin d'une voix claire et sonore, avec beaucoup d'assurance. Gaillard sous la chasuble, c'était un homme favorisé par la nature. Ses cheveux tonsurés sur l'occiput étaient noirs et drus. Il avait des yeux pénétrants dont il n'était pas difficile d'imaginer l'effet sur les filles d'Ève, particulièrement lors-qu'il s'agissait de religieuses à qui la règle interdisait tout contact avec le siècle, c'est-à-dire avec le monde et le sexe opposé. Incapable de le voir sans me souvenir de ce qu'il faisait derrière les murs du couvent, se jouant de sa soutane, on m'excusera sans doute du malaise et de l'indignation que me causèrent ses mouvements posés et l'onction hypocrite avec laquelle il célébrait le sacrifice du Christ. Je m'étonnai que personne dans l'assistance ne crie au sacrilège ou à l'imposteur. Je ne voyais autour de moi que des expressions dévotes et même admiratives dans les regards de nombreuses femmes. Mais ainsi va la vie et cette occasion fut l'une des premières, mais certainement pas la dernière, dont je tirai cette profitable leçon, à savoir que les apparences pèsent souvent plus lourd que la vérité, que les gens les plus mauvais dissimulent leurs vices sous le masque de la piété, de l'honneur ou de la décence, et que dénoncer les méchants sans preuves, les attaquer sans armes, se fier aveuglément à la raison ou à la justice est souvent le meilleur moyen de courir à sa propre perte, tandis que les coquins qui utilisent leur influence ou leur argent pour se protéger s'en sortent sains et saufs. Une autre leçon que j'appris sans tarder est qu'il est bien mal avisé de mesurer nos forces avec celles des puissants, contre lesquels nous perdons bien plus souvent que nous ne pouvons espérer gagner. Mieux vaut attendre sans se presser, tranquille dans son coin, que le moment soit venu de tirer la dague contre l'adversaire, ou que le hasard le mette à notre merci, ce qui, en Espagne où tôt ou tard nous montons et descendons tous le même escalier, est dans l'ordre des choses et même chose certaine et obligée. Sinon, patience. Au bout du compte, Dieu a le dernier mot et c'est lui qui distribue les cartes.

– Deuxième chapelle à gauche, murmura Don Francisco. Derrière la grille.

Le capitaine Alatriste, qui regardait l'autel, resta immobile un moment puis se tourna légèrement dans la direction que lui avait indiquée le poète. Je regardai moi aussi la chapelle par laquelle l'église communiquait avec le couvent. Derrière la lourde grille à laquelle des piques de fer renforçaient l'apparente rigueur du cloître pour empêcher qu'un homme ne puisse s'approcher plus qu'il n'était convenable, on apercevait les cornettes noires et blanches des religieuses. Telle était notre Espagne : beaucoup de rigueur et de cérémonie, beaucoup de piques et de pointes pour nous garder du mal, beaucoup de grilles et de façades – les désastres se succédaient en Europe mais les Cortes de Castille discutaient du dogme de l'Immaculée Conception –, alors que les mauvais prêtres, les nonnes sans vocation, les fonctionnaires, les juges et tout un chacun tondaient la laine sur le dos du mouton, alors que la nation maîtresse de deux mondes n'était qu'une cour de voleurs, un lieu pour s'enrichir et exercer sa convoitise, paradis des maquereaux et des pharisiens croulant sous les honneurs et l'argent qui achetait les consciences, alors que la faim était partout et avec elle les canailleries qu'elle faisait naître.

– Qu'en pensez-vous, capitaine?

Le poète avait parlé à voix très basse, entre ses dents, profitant du moment où les fidèles avaient commencé à dire le Credo. Il tenait d'une main son chapeau. L'autre était appuyée sur le pommeau de son épée et il regardait devant lui, l'air faussement recueilli, comme s'il suivait attentivement le service du culte.

– Difficile, répondit Alatriste.

Le profond soupir du poète se confondit avec le *Deum de Deo, lumen de lumine, Deum verum de Deo vero* que les fidèles récitèrent en chœur. Un peu plus loin, à l'abri d'un pilier et essayant de passer inaperçu dans la foule comme un renard dans un poulailler, je vis le fils aîné de Don Vicente de la Cruz, celui qui m'avait découvert dans ma cachette à cause de ce chat quand j'écoutais au fond de mon placard. Il dissimulait à moitié son visage sous sa cape et regardait la grille du couvent. Je me demandai si Elvira de la Cruz était là et si elle pouvait voir son frère. Comme de juste chez un jeune garçon de mon âge, mon imagination s'enflamma à la pensée de cette jeune fille que je ne connaissais point, mais que j'imaginais belle, prisonnière, tourmentée par ses persécuteurs, attendant le moment de sa libération. Les heures devaient lui paraître interminables dans sa cellule, dans l'attente d'un signal, d'un message, d'un billet qui lui annoncerait son évasion prochaine. Poussé par mon imagination qui débordait par moments et me faisait me prendre pour le héros d'un roman de chevalerie – le hasard avait voulu que je fasse partie de l'entreprise –, je tentai de la deviner derrière la grille qui la séparait du monde. Et bientôt je crus voir une main blanche, quelques doigts appuyés un instant sur les barreaux. Je restai aux aguets un long moment, bouche bée, pour voir si cette main allait réapparaître, jusqu'à ce que le capitaine Alatriste me donne une taloche en cachette. Rendu plus méfiant malgré moi, je fixai de nouveau l'autel avec une extrême prudence. Et quand l'officiant se retourna vers nous pour dire *Dominus vobiscum*, j'observai sans ciller son visage hypocrite et répondis *Et cum spiritu tuo* avec une dévotion et une piété si manifestes que j'aurais fait le bonheur de ma bonne et pauvre mère, si elle avait pu me voir et m'entendre.

Nous sortîmes avec l'*ite misa est*. Dehors le soleil brillait, avivant les couleurs des géraniums dont les sœurs de l'Incarnation ornaient leurs fenêtres, de l'autre côté de la rue. Don Francisco se laissa un peu distancer. Connu comme le loup blanc, il s'entretint avec des dames et les messieurs qui les accompagnaient, nous lançant de temps en temps un regard au capitaine et à moi qui longions le mur du jardin des

adoratrices. Je vis que le capitaine examinait avec une attention particulière une petite porte fermée de l'intérieur, ainsi
que le mur de brique qui s'élevait à dix pieds de hauteur.
Au coin, il y avait un chasse-roue qui permettait à quelqu'un
de suffisamment agile de grimper jusqu'en haut du mur.
Ses yeux perspicaces étudiaient la petite porte comme
ceux de quelqu'un habitué à chercher des brèches dans les
défenses ennemies. Elle parut l'intéresser au plus haut point,
car il se caressa la moustache comme il faisait si souvent,
geste qui généralement indiquait chez lui qu'il réfléchissait
ou que l'envie le prenait de dégainer quand la moutarde lui
montait au nez. Nous en étions là lorsque le fils aîné de don
Vicente de la Cruz s'en vint vers nous, le feutre enfoncé sur la
tête, comme si nous étions de parfaits inconnus. Mais je vis à
sa manière de marcher et de se retourner prudemment que
lui aussi prenait les mesures du mur du jardin des adoratrices.

C'est alors que survint un petit incident dont je ferai
mention car il nous donnera un bon exemple du caractère de
Diego Alatriste. Nous nous étions arrêtés. Le capitaine faisait
semblant d'arranger quelque chose à sa ceinture. En réalité, il
voulait examiner de près la serrure de la porte. Sur ces entrefaites arrivèrent des gens qui sortaient eux aussi de la messe,
deux godelureaux en compagnie de dames plutôt ordinaires
mais avantagées par la nature. L'un d'eux, pourpoint de velours
à manches crevées, tout rubans, coiffe du chapeau brodée au
fil d'argent, me heurta puis me bouscula sans ménagement,
m'appelant faquin. Quelques années plus tard, cet affront lui
aurait valu, pour galant qu'il soit, un bon coup de dague au
ventre. Mais à l'époque j'étais encore trop jeune et n'avais
d'autre choix que de ravaler les insultes, sauf si le capitaine
Alatriste décidait de prendre mon honneur en main. Ce qui

fut le cas. Et je dois dire que son attitude me donna à réfléchir sur l'estime dans laquelle il me tenait vraiment, en dépit de ses manières souvent brusques et de ses longs silences. Vous me pardonnerez peut-être de vous rappeler qu'il n'avait pas tout à fait tort, pardieu, après certains coups de pistolet que j'avais tirés alors qu'il était en fâcheuse posture, la nuit de la Porte des Ames.

Toujours est-il que lorsqu'il entendit le joli cœur m'interpeller avec si peu de politesse, le capitaine se retourna lentement, très serein, avec ce calme glacial qui annonçait, pour ceux qui le connaissaient bien, qu'il valait mieux faire trois pas en arrière et prendre garde à son épée.

– Morbleu, Iñigo – le capitaine faisait semblant de s'adresser à moi, mais il regardait le bellâtre dans les yeux –, on dirait bien que ce gentilhomme te prend pour un vaurien de sa connaissance.

Je ne dis rien, car l'affaire était claire comme de l'eau de roche. De son côté, se voyant ainsi apostrophé, le joli cœur s'était arrêté avec ceux qui l'accompagnaient. Il était de ces hommes qui ne peuvent s'empêcher de contempler leur ombre, à défaut de miroir. Le *morbleu* du capitaine l'avait fait porter une main blanche, ornée d'une grosse bague en or incrustée de diamants, sur la garde de son épée ; et les doigts de l'ironique *gentilhomme* frémirent d'impatience. Arrogant, il toisait Diego Alatriste et je dois dire que, lorsque l'inspection fut terminée et qu'il eut vu la garde bosselée de l'épée du capitaine, les cicatrices de son visage et ses yeux froids sous le large bord du chapeau, son regard avait perdu de sa fermeté initiale.

– Et si je ne me trompais point et que je disais vrai ? répondit-il cependant, sans aucune politesse.

La réponse avait été ferme, ce qui était tout à l'honneur de ce monsieur. Mais j'avais cependant noté une certaine hésitation à la fin, et un rapide coup d'œil du joli cœur à son compagnon et aux deux dames. A cette époque, un homme pouvait parfaitement se faire tuer pour sa réputation. On pouvait tout excuser, sauf la poltronnerie et le déshonneur. L'honneur était le patrimoine exclusif de l'hidalgo. Et l'hidalgo, à la différence du roturier qui payait tous les impôts, ne travaillait pas et n'apportait rien aux caisses du roi. Mais le fameux honneur des comédies de Lope de Vega, de Tirso de Molina et de Calderón trouvait sa source dans la tradition chevaleresque d'une époque révolue, alors qu'abondaient maintenant les vauriens et truands de toutes sortes. Ce fameux honneur n'était qu'une façade pour vivre sans travailler ni payer d'impôts, ce qui n'était pas rien.

Très lentement, prenant tout son temps, le capitaine lissa sa moustache entre deux doigts. Puis, de la même main, sans ostentation ni exagération du geste, il écarta sa cape pour dégager les poignées de son épée et de sa dague qu'il portait dans le dos, du côté gauche.

– Il se pourrait, messieurs, dit-il d'une voix très mesurée, que vous rencontriez ce garçon, que vous confondez certainement avec un autre, si par hasard vous veniez à vous promener à la Porte de la Vega.

La Porte de la Vega, toute proche, était un de ces lieux extra-muros où l'on venait vider ses querelles à coups d'épée. Le geste qu'avait fait le capitaine en écartant sa cape n'était pas passé inaperçu. Pas davantage que le pluriel *messieurs*. Les femmes haussèrent les sourcils, curieuses, car leur condition les mettait à l'abri et faisait d'elles des spectatrices privilégiées.

De son côté, le second individu – un autre joli cœur avec barbiche, ample wallonne de dentelle et gants couleur d'ambre –, qui avait assisté au prologue avec une moue méprisante, cessa d'un seul coup de sourire. Être deux et fanfaronner devant des dames était une chose. Une autre bien différente d'affronter un inconnu aux airs de soldat qui tout à trac vous proposait de couper court aux préambules et de régler immédiatement l'affaire, au fil de l'épée. Alatriste n'était pas de ces bravaches de la rue de la Montera et je vis l'autre esquisser un mouvement de recul. Quant au premier joli cœur, il était livide et l'on voyait bien qu'il pensait exactement la même chose, quoique sa position fût plus délicate. Il avait parlé un peu trop et le problème avec les paroles, c'est qu'une fois dites il est difficile de les ravaler et qu'elles nous reviennent parfois à la pointe d'une épée.

– Ce n'était pas la faute du petit, dit le compagnon du premier.

Il avait parlé comme un hidalgo, d'une voix ferme et calme. Mais il était clair qu'il cherchait maintenant à éviter une querelle. De cette manière, il prenait ses distances tout en offrant une porte de sortie à son ami, lui permettant d'éviter de se retrouver avec son pourpoint aussi crevé que ses manches. Je vis le joli cœur ouvrir et refermer les doigts de sa main droite. Il hésitait. Au pire, ils étaient deux contre un, simple arithmétique. Et s'il avait découvert le moindre signe d'inquiétude ou de passion chez Diego Alatriste, peut-être aurait-il été de l'avant, sur la Cuesta de la Vega ou dans la rue même. Mais il y avait quelque chose dans la froideur et l'indifférence du capitaine, plus encore que dans ses silences, qui vous conseillait de le prendre avec des gants. Je compris ce qui se passait dans la tête du joli cœur : un homme qui défie des inconnus bien armés est soit très sûr de lui et de son épée, soit fou à lier. Et aucune de ces deux éventualités n'allait sans risques. Mais l'homme ne semblait pas poltron. Il ne voulait pas se battre, mais il ne voulait pas non plus perdre la face. Il soutint donc encore quelques instants le regard du capitaine. Puis il me lança un coup d'œil, comme s'il me voyait pour la première fois.

— Je crois que ce n'était pas la faute du petit, dit-il enfin.

Les femmes sourirent, non sans être déçues de se voir privées d'un spectacle, et l'ami retint un soupir de soulagement. Quant à moi, je me moquais bien que le joli cœur ait fait marche arrière ou pas. Fasciné, je regardais le profil du capitaine Alatriste sous le bord de son chapeau, son épaisse moustache, son menton mal rasé ce matin-là, ses cicatrices, ses yeux clairs et inexpressifs perdus dans un vide qu'il était seul à contempler. Puis j'observai son pourpoint usé et ravaudé, sa vieille cape, sa sobre wallonne lavée et relavée par Caridad la Lebrijana, le reflet mat du soleil sur la garde de son épée et la poignée de sa dague qui dépassait sous son ceinturon. Et j'eus alors conscience d'un double et magnifique privilège : cet homme avait été l'ami de mon père et maintenant il était aussi mon ami, capable de se battre pour moi à cause d'un simple mot. Ou peut-être le faisait-il en réalité pour lui-même. Les guerres du roi, ceux qui louaient sa lame et les amis qui l'entraînaient dans de périlleuses aventures, les jolis cœurs trop bavards, moi-même, nous n'étions que des prétextes pour qu'il se batte pour le simple fait de se battre — comme aurait dit Don Francisco de Quevedo qui pressait le pas pour nous rejoindre, flairant quelque part un parfum de querelle, quoiqu'un peu tard. De toute façon, j'aurais suivi le capitaine jusqu'à l'antichambre de l'enfer sur un ordre, un geste ou un sourire de lui. Et j'étais loin de soupçonner que c'était exactement ce qui m'attendait.

Je crois vous avoir déjà parlé d'Angélica d'Alquézar. Avec les années, quand je fus soldat comme Diego Alatriste et d'autres choses encore que je vous raconterai en temps voulu, la vie plaça plus d'une femme sur mon chemin. Je ne prise guère les grossières vantardises de taverne, pas plus que les nostalgies lyriques. Mais comme le récit l'exige, je me contenterai de dire que j'en aimai un certain nombre et que je me souviens de plusieurs d'entre elles avec tendresse, indifférence ou – le plus souvent – un sourire amusé et complice : la plus grande récompense à laquelle peut aspirer l'homme qui sort indemne, la bourse à peine dégarnie, sain de corps et son honneur intact, de si doux embrassements. Cela posé, je vous dirai que, de toutes les femmes dont les pas croisèrent les miens, la nièce du secrétaire du roi, Luis d'Alquézar, fut sans aucun doute la plus belle, la plus intelligente, la plus séductrice et la plus mauvaise. Vous m'objecterez peut-être que mon jeune âge me rendait par trop influençable – souvenez-vous qu'au moment de cette histoire j'étais un jeune garçon basque arrivé depuis à peine un an à Madrid et que je n'avais pas encore quatorze ans. Mais ce n'est pas le cas. Plus tard, quand je devins homme et que j'eus l'occasion de découvrir chez Angélica une femme qui ne reculait devant rien, mes sentiments restèrent les mêmes. Comme si j'avais aimé le diable, sachant qui il était. Et je pense vous avoir dit que j'étais déjà follement amoureux de la petite fille. Ce n'était pas encore une de ces passions qui viennent avec le temps et les années, quand la chair et le sang se mêlent aux rêves et que tout prend un aspect dense et périlleux. A l'époque dont je parle, mon amour était une sorte d'emportement singulier, comme si j'avais été au bord d'un gouffre qui attire et terrorise tout à la fois. Ce n'est que plus tard – l'aventure du couvent et de la femme retrouvée morte ne fut qu'une station de ce chemin de croix – que je sus ce que dissimulaient les boucles blondes et les yeux bleus de cette petite fille de onze ou douze ans, à cause de qui je fus si souvent sur le point de perdre mon honneur et ma vie. Pourtant, je l'aimai jusqu'à la fin. Et même aujourd'hui qu'Angélica d'Alquézar et les autres ont cessé de vivre depuis longtemps, devenant des fantômes familiers de ma mémoire, je jure devant Dieu et tous les démons de l'enfer – où elle brûle certainement au moment où je parle – que je continue à l'aimer encore. Parfois, quand les souvenirs affleurent avec tant d'insistance que j'en viens à regretter mes anciens ennemis, je me rends dans ce lieu où se trouve le portrait d'elle que peignit Diego Velázquez et je reste des heures à la regarder en silence, conscient de ce que jamais je ne l'ai connue tout à fait. Mais mon vieux cœur conserve, avec les cicatrices qu'elle lui a infligées, la certitude que cette petite fille, la femme qui sa vie durant me fit tout le mal qu'elle pouvait, m'aima elle aussi jusqu'à la mort, à sa manière.

A l'époque dont je parle, tout me restait encore à découvrir. Et ce matin que je suivis sa voiture jusqu'à la fontaine de l'Acero, de l'autre côté du Manzanares et du pont de Ségovie, Angélica d'Alquézar était encore pour moi une énigme fascinante. Vous savez déjà qu'elle avait coutume de passer par la rue de Tolède quand elle se rendait de son domicile à l'Alcázar où elle assistait la reine et les princesses en qualité de menine.

La maison où elle habitait était celle de son oncle Luis d'Alquézar, une vieille et grande bâtisse au coin de la rue de la Encomienda et de celle des Embajadores, ancienne demeure du vieux marquis d'Ortígolas jusqu'à ce que celui-ci, mis sur la paille par une comédienne avide et bien connue du théâtre de la Cruz, la vende pour satisfaire ses créanciers. C'était là que ma bien-aimée vivait avec son oncle et leurs domestiques, son oncle vieux garçon dont la seule faiblesse connue, à part l'exercice vorace du pouvoir que lui permettait sa situation à la cour, était cette nièce orpheline, fille d'une sœur décédée avec son époux au cours de la tempête qui frappa la flotte des Indes en 1621.

Comme d'habitude, je l'avais vue passer de mon poste de guet, à la porte de la Taverne du Turc. Parfois je suivais sa voiture tirée par deux mules jusqu'à la Plaza Mayor ou même jusque devant le palais, avant de revenir sur mes pas. Tout cela pour obtenir la fugace récompense de ses troublants yeux bleus qui parfois daignaient se poser sur moi avant de regarder ailleurs ou de se tourner vers la duègne qui l'accompagnait, une de ces femmes pétries de piété, en coiffe, acides comme du vinaigre, et aussi chiches et plates que la bourse d'un étudiant, de celles dont on pouvait dire en toute justice :

> *C'est une femme portant scapulaire*
> *avec bien plus de flacons de vertu*
> *qu'herbes et poudre de turlututu*
> *dans l'officine d'un apothicaire.*

Comme vous vous en souvenez peut-être, j'avais échangé quelques mots avec Angélica lors de l'aventure des deux Anglais et j'ai toujours soupçonné qu'elle avait contribué, consciemment ou pas, à préparer l'embuscade du théâtre du

Prince où le capitaine Alatriste avait été à un poil de laisser sa peau. Mais personne n'est parfaitement maître de ses haines ni de ses amours ; si bien que, même ainsi, cette petite fille blonde continuait à m'ensorceler. Et l'intuition que j'avais de jouer un jeu diablement dangereux ne faisait qu'exciter mon imagination.

Ce matin-là, je la suivis donc par la Porte de Guadalajara et la petite place de la Villa. La journée était radieuse et sa voiture, au lieu de continuer vers l'Alcázar, descendit la Cuesta de la Vega puis prit le pont de Ségovie pour traverser cette rivière dont les maigres eaux furent toujours source d'inspiration burlesque pour les poètes, et au sujet de laquelle jusqu'à l'exquis Don Luis de Góngora – qu'il me soit permis de le citer avec le pardon de Don Francisco de Quevedo – écrivit un jour cette gracieuseté :

Un âne hier t'a bu, t'a pissé aujourd'hui.

Je sus plus tard qu'Angélica avait mauvaise mine et que son médecin avait recommandé des promenades dans les bois et les allées proches de la Huerta del Duque et de la Casa de Campo, tout en lui conseillant de prendre les eaux à la fameuse fontaine de l'Acero, si souvent prescrites, entre autres choses, aux dames qui souffraient d'opilations. Fontaine dont Lope de Vega a vanté les mérites dans une de ses comédies :

Demain matin il vous faudra sortir
après que vous aurez bu, reposée,
une mi-écuelle d'eau ferrée
qui vous fera désopiler, guérir.

Angélica était encore bien jeune pour connaître ces maux, mais la fraîcheur du lieu, le soleil et le grand air des futaies lui faisaient du bien. Elle s'y rendait donc avec voiture, cocher et duègne, tandis que je la suivais à distance. De l'autre côté du pont, sur l'autre rive du Manzanares, dames et messieurs se promenaient sous les frondaisons. A Madrid, comme dans les églises dont j'ai parlé plus tôt, là où il y avait des dames – et la fontaine de l'Acero, ainsi que je l'ai dit, en attirait plus d'une, avec ou sans duègne –, la marmite bouillonnait de galants, de rendez-vous, de billets doux, d'entremetteuses, de jeux amoureux et de ce qu'on voudra. Il n'était pas rare qu'un jaloux au verbe court mette la main à son épée et que la promenade se termine à la pointe d'une lame. C'est que dans cette Espagne hypocrite, esclave des apparences et du qu'en-dira-t-on, où pères et maris mesuraient leur honneur à la modestie de leur femme et de leurs filles au point de ne pas les laisser sortir dans la rue, des activités apparemment innocentes, comme prendre les eaux ou aller à la messe, se transformaient en occasions privilégiées d'aventures et d'intrigues amoureuses :

Je feindrai peu à peu, ô cher époux,
d'être sans couleurs et tout opilée
pour ma vilaine tante abuser
et abuser un père aussi jaloux.

Vous excuserez donc l'élan chevaleresque et l'esprit d'aventure avec lesquels, si jeune, je me dirigeais vers un lieu si neuf pour moi derrière la voiture de ma bien-aimée, regrettant seulement de ne pas avoir l'âge de porter à la ceinture une belle épée avec laquelle transpercer de part en part de possibles rivaux. J'étais bien loin d'imaginer qu'avec le temps ces prévisions se réaliseraient point par point. Mais quand vint l'heure de tuer pour Angélica d'Alquézar, ce que je fis, ni elle ni moi n'étions plus des enfants. Et il ne s'agissait plus d'un jeu.

Pardieu, je me perds toujours en digressions qui m'éloignent du fil de cette histoire. Je vais donc le reprendre, en soulignant un point important : l'enthousiasme que j'avais éprouvé à voir ma bien-aimée m'avait fait commettre une imprudence que j'allais bien regretter plus tard. Depuis la visite de Don Vicente de la Cruz, j'avais cru déceler autour de chez nous des mouvements de gens suspects. Rien de sûr, c'est vrai. Seulement deux ou trois têtes qui n'avaient pas coutume de fréquenter la rue de l'Arquebuse ni la Taverne du Turc. Rien d'étrange à cela car, tout près, dans la Cava Baja et les autres rues voisines, il y avait des auberges pour voyageurs. Mais, ce matin-là, je vis quelque chose qui aurait dû me faire réfléchir si je n'avais pas attendu le passage d'Angélica. Je n'allais m'y arrêter que plus tard, quand j'eus tout le loisir de songer à ce qui m'avait conduit en un certain lieu sinistre. Ou plutôt, où je fus contraint d'aller, à mon corps défendant.

Mais j'en reviens à notre histoire. De retour de la messe chez les adoratrices, alors que j'attendais à la porte de la taverne, Diego Alatriste avait poursuivi son chemin jusqu'aux postes royales. Il s'éloignait en remontant la rue de Tolède quand deux inconnus qui se promenaient d'un air innocent entre les étals de fruits avaient échangé quelques mots à voix basse avant que l'un d'eux se mette à le suivre à distance respectueuse. Je les vis faire de loin et me demandai si c'était un hasard ou si ces deux hommes préparaient quelque chose quand le bruit de la voiture d'Angélica effaça de mon entendement tout ce qui n'était pas elle. Pourtant, comme j'eus plus tard l'occasion de le regretter amèrement, les moustaches qui leur barraient le visage, leurs chapeaux à large bord calés à la bravache, leurs épées, leurs dagues et la démarche assurée de ces deux hommes auraient dû me mettre la puce à l'oreille. Mais Dieu, ou le diable, ou quiconque se joue de nous notre vie durant, aime toujours nous voir, par insouciance, superbe ou ignorance, nous promener sur le fil de l'épée.

Elle était aussi belle que Lucifer avant son expulsion du Paradis. La voiture s'était arrêtée sous les peupliers qui bordaient l'allée et elle se promenait à pied autour de la fontaine. Elle avait toujours ses boucles blondes, et son châle aussi bleu que ses yeux semblait avoir été arraché au ciel sans nuage sur lequel se dessinaient, de l'autre côté du pont et de la rivière, les toits et les flèches de Madrid, la vieille muraille et la masse imposante de l'Alcázar. Après avoir attaché ses mules, le cocher était allé rejoindre un groupe de ses collègues. La duègne remplissait une cruche à la célèbre fontaine. Angélica était donc seule. Je sentais mon cœur battre à tout rompre quand je m'approchai sous les arbres et, encore loin, je vis la petite saluer gracieusement de jeunes dames qui prenaient le goûter et accepter une friandise qu'elles lui offraient, regardant à la dérobée la duègne occupée à sa fontaine. J'aurais donné toute ma jeunesse et toutes mes illusions pour être, au lieu d'un humble petit page imberbe, un de ces gaillards hidalgos – ou du moins qui le paraissaient – qui se promenaient par là, tordant leur moustache devant les dames ou devisant avec elles le chapeau à la main, le poing galamment appuyé sur la hanche ou sur le pommeau de l'épée. Il est vrai qu'il y avait aussi en ce lieu des gens du commun, et l'expérience m'apprit bientôt à deviner qu'à cette époque – comme en celle-ci – n'étaient pas hidalgos tous ceux qui voulaient le paraître. Par vanité ou par appât du lucre, nombre de gourgandines et de vauriens se donnaient des airs. Même juif ou morisque, il suffisait de mal écrire, de parler lentement et gravement, d'avoir des dettes, de monter à cheval et de porter l'épée pour se faire donner de l'hidalgo et du gentilhomme. A mon jeune âge, quiconque portait épée et cape, quiconque portait escarpins, basquine et vertugadin me paraissait personne de qualité. Comme vous le voyez, j'avais encore beaucoup à apprendre.

Quelques bellâtres passèrent à cheval, faisant des courbettes devant une voiture de dames ou de femmes entretenues, leur adressant des compliments galants. De tout mon cœur, j'espérais être comme eux et pouvoir m'approcher ainsi d'Angélica qui s'était un peu avancée sous les arbres et, retroussant le bas de sa robe avec une grâce infinie, marchait entre les fougères qui bordaient le ruisseau. Elle semblait absorbée dans la contemplation du sol et, quand je m'approchai, je vis qu'elle suivait une longue colonne de fourmis industrieuses qui allaient et venaient avec la discipline de lansquenets allemands. Risquant le tout pour le tout, je fis encore quelques pas et des branches craquèrent sous mes pieds. C'est alors qu'elle leva les yeux et me vit. Ou peut-être serait-il plus exact de dire que le ciel, sa robe et son regard m'enveloppèrent dans un nuage tiède et que je sentis ma tête tourner comme lorsque dans la Taverne du Turc les vapeurs du vin répandu sur la table émoussaient mes sens et que tout me semblait très lointain et très lent.

– Je te connais, dit-elle.

Elle ne souriait pas, ni ne paraissait surprise ou mécontente de ma présence. Elle me regardait fixement, avec curiosité, de la même façon que regardent les mères et les grandes sœurs avant de dire que l'on a grandi d'un pouce ou que notre voix a changé. Par bonheur, je portais ce jour-là un pourpoint vieux mais propre, sans reprises, des chausses passables, et sur les instructions du capitaine, je m'étais consciencieusement débarbouillé, sans oublier les oreilles. Impassible, je tentai de soutenir son regard. Et après avoir brièvement lutté contre ma timidité, je parvins à lui rendre un regard tranquille.

– Je m'appelle Iñigo Balboa.

– Je le sais. Et tu es l'ami de ce capitaine Triste ou Batistre.

Elle me tutoyait, ce qui pouvait être aussi bien un signe d'appréciation que de dédain. Mais elle avait dit ami du capitaine, et non page ou domestique. Et de plus elle se souvenait parfaitement de qui j'étais. Ceci, qui dans d'autres circonstances pouvait n'avoir rien de rassurant, car mon nom ou celui d'Alatriste dans la bouche de la nièce de Luis d'Alquézar étaient plus annonciateurs d'un danger que motifs de satisfaction, me parut tout à fait adorable. Je me rengorgeai tel un petit paon. Angélica se souvenait de mon nom et avec lui d'une partie de la vie que j'étais prêt à mettre à ses pieds, m'immolant pour elle sans ciller. Peut-être comprendrez-vous si je vous dis que je me sentais comme un homme transpercé par une dague qui vit encore tant que la lame est dans la plaie mais qui expire dès qu'il tente de la retirer.

– Vous prenez les eaux ? demandai-je pour rompre le silence que son regard fixe rendait insupportable.

Elle fit une moue délicieuse qui lui retroussa le nez.

– Je mange trop de friandises.

Elle haussa les épaules d'un air hautain, comme si tout ceci n'était que balivernes et stupidités, puis regarda dans la direction de la fontaine où la duègne s'attardait avec une connaissance.

– C'est ridicule, ajouta-t-elle, dédaigneuse.

J'en déduisis qu'Angélica d'Alquézar n'appréciait pas beaucoup le dragon chargé de la garder, ni les prescriptions des médecins qui, avec leurs saignées et leurs remèdes, envoient plus de chrétiens dans l'autre monde que le bourreau de Séville.

– Je suppose que oui, fis-je, courtois. Tout le monde sait que les friandises sont bonnes pour la santé – je me souvenais vaguement de ce que j'avais entendu l'apothicaire Fadrique dire dans la taverne. Elles épaississent le sang et les bonnes humeurs... Je suis sûr qu'un beignet au miel, du massepain ou des œufs au sucre fortifient davantage un tempérament mélancolique qu'une pinte d'eau de cette fontaine.

Je me tus, ne sachant plus que dire, car là s'arrêtaient mes connaissances médicales.

– Tu as un joli accent, dit-elle.

– Basque, répondis-je. Je suis natif d'Oñate.

– Je croyais que les Basques parlaient en jargon : « Par le Dieu qui a donné vie à moi, si voiture tu me laisses pas, tu es mort. »

Elle rit. Si je ne craignais de paraître affecté, je dirais que son rire était argentin. Il tintinnabulait comme l'argent bruni que les artisans étalaient devant leurs boutiques le jour de la Fête-Dieu, à la Porte de Guadalajara.

– Ceux-là sont biscayens, lui dis-je, un peu vexé, mais pas très sûr de la différence. Oñate se trouve dans la province de Guipúzcoa.

Je sentais l'urgente nécessité de l'impressionner, sans savoir comment. Maladroitement, je voulus reprendre le fil de ma dissertation sur les propriétés bénéfiques des friandises. J'enflai la voix :

– Quant aux tempéraments mélancoliques...

Je m'interrompis quand un chien passa à côté de nous, un grand mâtin brun qui gambadait aux alentours. Instinctivement, sans y penser, je me mis devant la petite fille. Le chien s'éloigna sans demander son reste, comme le lion de Don Quichotte, et quand je me retournai pour la regarder, je vis qu'Angélica m'observait encore avec ce même air curieux de tout à l'heure.

– Et que sais-tu de mon tempérament ?

Il y avait une note de défi dans sa voix et ses yeux immensément bleus, devenus très graves, n'avaient plus rien d'enfantin. Je m'arrêtai à regarder sa bouche encore entrouverte, son menton doux et arrondi, ses boucles blondes qui retombaient sur ses épaules recouvertes de délicate dentelle flamande. Puis je tentai d'avaler ma salive sans qu'il n'y paraisse rien.

– Je n'en sais rien encore, répondis-je avec autant de simplicité que je pus. Mais je sais que je mourrais volontiers pour vous.

J'ignore si je rougis en prononçant ces mots. Mais il est des choses qu'il faut dire quand il se doit, même si on le regrette ensuite amèrement, faute de quoi on risque de se repentir toute la vie de ne pas les avoir dites.

— Oui, je mourrais pour vous.

Il y eut un long et délicieux silence. La duègne revenait, toute noire sous sa coiffe blanche, pareille à une pie de mauvais augure, sa pinte d'eau à la main. Le dragon allait reprendre possession de ma demoiselle et je décidai donc de prendre la poudre d'escampette. Mais Angélica continuait à m'observer comme si elle pouvait lire en moi. C'est alors qu'elle porta les mains à son cou et qu'elle en détacha une petite chaîne en or à laquelle pendait une breloque qu'elle me mit entre les mains.

— Tu mourras peut-être un jour, murmura-t-elle.

Énigmatique, elle continuait à me regarder. Mais en même temps se dessina sur sa bouche de petite fille un sourire tellement beau, tellement parfait, tellement rempli de toute la lumière de ce ciel espagnol, immense comme l'abîme de ses yeux, que je désirai en effet mourir en cet instant même, l'épée au poing, criant son nom comme là-bas en Flandre mon père avait crié celui de son roi, de sa patrie et de son drapeau. Ce qui en fin de compte, pensai-je alors, revenait peut-être à la même chose.

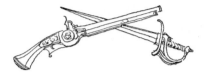

IV

LE TRAQUENARD

Un chien aboya quatre fois dans le lointain, puis ce fut de nouveau le silence. Pistolet, épée et dague au ceinturon, le capitaine Alatriste jeta un coup d'œil à la lune qui semblait sur le point de s'embrocher sur la flèche du couvent des adoratrices, puis il regarda d'un côté et de l'autre la petite place de l'Incarnation, plongée dans l'ombre. Pas d'ennemis en vue.

Il ajusta son gilet de peau de buffle et rejeta en arrière le manteau court qui couvrait ses épaules. Comme répondant à un signal, trois silhouettes sombres se glissèrent dans l'obscurité, deux d'un côté de la place, une autre en face. Elles s'approchèrent du mur du couvent où il y avait de la lumière à une fenêtre. Quelques instants plus tard, quelqu'un éteignit, puis ralluma aussitôt.

– C'est elle, murmura Don Francisco de Quevedo.

Il était appuyé contre le mur, tout de noir vêtu avec son

chapeau et sa cape. Il n'avait pas avalé une seule goutte de vin malgré la fraîcheur de la nuit afin – avait-il dit – d'avoir la main plus sûre. Dans le noir, je l'entendis tirer son épée de son fourreau et l'y remettre, pour voir si elle glissait bien. Puis il commença à réciter quelques-uns de ses vers dans sa barbe :

De mes douleurs jamais ne triomphèrent
mes nuits, ni apaisèrent mes courroux...

Je me demandai un instant si Don Francisco disait cela pour apaiser son inquiétude, pour chasser le froid de la nuit ou parce qu'il était véritablement un homme qui n'avait peur de rien, un homme capable de composer des vers aux portes mêmes de l'enfer. Quoi qu'il en soit, le moment était mal trouvé pour apprécier comme il se devait l'inspiration du grand satiriste. J'observai le capitaine, parfaitement immobile sous son chapeau à large bord. L'ombre lui faisait un masque noir. Il resta quelque temps ainsi, tandis que de l'autre côté de la place les trois formes qui avaient traversé quelques instants plus tôt ne bougeaient pas d'un pouce, essayant de se confondre avec l'obscurité. Le chien aboya de nouveau, deux fois seulement, et de la côte des Caños del Peral descendit en guise de réponse le hennissement étouffé des mules de la voiture qui attendait là-bas. Diego Alatriste se retourna vers moi et je vis ses yeux s'éclaircir au clair de lune.

– Fais bien attention, dit-il en posant la main sur mon épaule.

Je pris une grande respiration et traversai la place comme si je me jetais dans la gueule du loup, sentant fixés sur moi les yeux du capitaine et entendant dans mes oreilles l'hommage que Don Francisco voulut bien improviser pendant que je m'éloignais :

Avec bonheur, il gravit le haut mur de pierre
celui qui se fie à sa jeunesse, à sa force.

Mon cœur battait la chamade, comme il l'avait fait le matin même avec Angélica d'Alquézar. Ou plus peut-être. J'avais l'estomac et la gorge noués et dans mes oreilles roulèrent d'étranges tambours quand je passai devant les ombres que formaient Don Vicente de la Cruz et ses fils, collés contre le mur. Leurs armes luisaient au clair de lune.

– Dépêche-toi, petit, murmura le père, impatient.

Sans rien dire, je lui fis un signe de la tête et dirigeai mes pas vers le chasse-roue du coin de la rue. Arrivé là-bas, je me signai à la sauvette, me recommandant à ce même Dieu dont je m'apprêtais à violer l'enceinte sacrée. Puis je montai sans difficulté sur le chasse-roue – j'avais alors l'agilité d'un singe – et, perché sur son étroit sommet, je pus me cramponner et me hisser en haut du mur à la force des bras. Je me mis ensuite à califourchon en essayant de ne pas trop me faire voir dans la clarté qui tombait de la lune. D'un côté se trouvaient la rue et la place, avec les silhouettes silencieuses de mes compagnons plaquées contre le mur. De l'autre s'étendait le sombre jardin des adoratrices dont le silence n'était percé que par le chant strident d'un grillon nocturne. J'attendis que les coups de tambour se fissent moins forts dans ma tête avant de bouger. Et quand je le fis, la breloque avec la chaîne qu'Angélica d'Alquézar m'avait offerte à la fontaine del Acero tinta en sortant de sous mes vêtements. J'avais passé des heures à la regarder. Elle semblait ancienne et portait en son centre des signes gravés, étranges et fascinants :

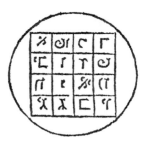

Je la remis sous ma chemise, contre ma poitrine, espérant que cette amulette m'apporterait la chance dont j'avais bien besoin à présent. Les branches d'un pommier me frôlèrent le visage quand je me penchai vers le jardin et, cramponné au sommet du mur, je me laissai tomber d'une hauteur de six ou sept pieds. Je roulai à terre sans me faire trop de mal, je secouai la poussière qui maculait mes vêtements et, priant Dieu qu'il n'y ait point de chiens en liberté dans le jardin, je m'avançai en longeant le mur jusqu'à la petite porte dont je fis aussitôt coulisser le verrou. J'avais à peine ouvert que Don Vicente de la Cruz et ses fils se coulaient déjà à l'intérieur, le visage dissimulé dans leur cape, l'épée au clair, traversant rapidement le jardin dont la terre meuble amortissait le bruit de leurs pas. Pour ce qui me concernait, l'affaire était dans le sac.

Je m'étais comporté comme un garçon vaillant et je pouvais être fier de moi. Je sortis donc dans la rue et traversai sans traîner la petite place. Le capitaine m'avait donné des consignes rigoureuses : rentrer chez nous par le plus court chemin. Je remontai la côte en suivant le garde-fou, laissant derrière moi le couvent des adoratrices et l'église de l'Incarnation, l'esprit en paix et plein d'orgueil d'avoir si bien rempli ma mission. C'est alors que la tentation vint m'assaillir de rester dans les parages, près de la voiture qui attendait avec les mules, pour voir, ne serait-ce qu'un instant et au clair de lune, la demoiselle sauvée par son père et ses deux frères. Je vacillai un moment entre mes ordres et mon propre désir, sans parvenir à me décider. J'en étais là quand j'entendis le premier coup de feu.

Ils sont au moins dix, calcula Diego Alatriste en dégainant son épée et sa dague. Et il y en avait encore quelques autres dans la cour du couvent. Il en sortait de partout, de toutes les rues et portes cochères. La rue et la petite place brillaient de lames tirées au clair tandis que résonnaient de toutes parts les cris de « Rendez-vous à l'Inquisition ! » et « Ordre du roi ! ». Des coups de feu se firent encore entendre de l'autre côté du mur des adoratrices et une petite troupe apparut en désordre à la porte. On ferraillait ferme. Un moment, Alatriste crut voir la cornette blanche d'une novice dans ce fouillis de lames d'acier, mais il fut bientôt ébloui par deux autres coups de pistolet. Et le moment était venu de penser à sauver sa peau. Le cri de « Rendez-vous à l'Inquisition ! » suffisait à donner la chair de poule à l'homme le mieux trempé et, s'il en avait eu le temps, le capitaine en aurait lui aussi été impressionné. Mais il se battait déjà pour garder la vie sauve et, en pareilles circonstances, argousins ou Inquisition, c'était du pareil au même : la lame séculière égorge aussi bien que celle aspergée d'eau bénite. Il para avec sa dague un coup donné par une ombre qui était apparue dans son dos, venue de nulle part, puis il la fit reculer en frappant des deux mains et en lâchant un juron. Du coin de l'œil, il vit que Don Francisco de Quevedo faisait face à deux autres adversaires. Inutile de crier à la trahison. Mieux valait ménager son souffle pour d'autres tâches plus pressantes. Don Francisco et le capitaine se battaient donc sans desserrer les dents. Quel que fût le responsable, ils étaient tombés dans un piège et il ne leur restait plus qu'à vendre cher leurs boyaux. L'adversaire d'Alatriste le pressait de nouveau. Devinant l'acier ennemi à son reflet, le capitaine assura sa position, para juste à temps un bon revers, avança un pied, puis l'autre, coinça l'épée de son assaillant sous son coude, poussa la pointe de la sienne et entendit le cri de douleur attendu quand l'autre se sentit marqué au visage. Par chance, les familiers de l'Inquisition n'étaient pas des Amadis et la situation était tolérable. Le capitaine recula dans le noir jusqu'à s'adosser contre un mur et, profitant de cet instant de répit, il jeta un coup d'œil à Don Francisco. Fidèle à son adresse proverbiale, boitillant et pestant entre ses dents, celui-ci tenait à distance tous ceux qui le serraient de trop près. Mais il arrivait de plus en plus de gens et bientôt les deux hommes ne suffiraient plus à saigner toute cette racaille. Heureusement, presque tous les assaillants se tenaient à côté du mur des adoratrices où la confusion et les cris allaient en augmentant. Don Vicente de la Cruz et ses fils devaient être bien près de passer de vie à trépas. L'odeur des mèches des arquebuses arriva jusqu'au capitaine.

– Allons-nous-en ! cria-t-il à Don Francisco en essayant de couvrir de sa voix le cliquetis des lames.

– C'est bien ce que j'essaie de faire ! répliqua le poète entre deux coups d'épée. Et depuis un moment déjà !

Il venait de tuer un de ses adversaires et reculait le long du mur, serré de près par l'autre homme. Une nouvelle ombre apparut subitement devant Alatriste, ou peut-être était-ce celle de tout à l'heure qui s'était remise sur ses pieds et revenait de l'enfer pour se venger de son estafilade au visage. Les épées firent des étincelles en s'entrechoquant et en heurtant le mur, puis le capitaine se protégea en levant son bras gauche à hauteur de sa tête et profita de ce que l'autre se remettait en position entre deux attaques pour se précipiter sur lui et lui donner un coup de pied qui le fit trébucher. Il frappa de près, d'abord avec l'épée, puis avec la dague, puis encore une fois avec l'épée. Quand son ennemi voulut se redresser, au moins dix pouces d'acier devaient lui sortir du dos.

– Sainte Vierge ! murmura l'homme dans un grand soupir tandis que le capitaine retirait son épée de sa poitrine.

Puis l'homme blasphéma, invoqua encore la Vierge et tomba à genoux contre le mur. Son épée roula bruyamment à terre, entre ses cuisses.

Quelqu'un s'éloigna en courant de la petite troupe qui se battait devant le couvent. C'est alors que commença l'arquebusade. La rue et la petite place se transformèrent en feu d'artifice. Quelques balles passèrent en sifflant près du capitaine et de Don Francisco. L'une d'elles s'écrasa entre les deux hommes, sur le mur.

– Foutredieu ! dit Quevedo.

Le moment n'était pas aux hendécasyllabes. Et il arrivait encore du monde. Alatriste, trempé de sueur sous son gilet de cuir qui lui avait évité au moins trois bonnes boutonnières cette nuit-là, regarda autour de lui, cherchant le moyen de sortir de cette souricière. Alors qu'il reculait devant une attaque, Don Francisco s'approcha du capitaine et leurs épaules se touchèrent. Le poète était lui aussi décidé à vider les lieux.

– Chacun pour ses couilles ! lança-t-il d'une voix haletante, entre une feinte et une attaque.

Son deuxième adversaire, blessé, se tordait à ses pieds. Mais il était déjà occupé avec un autre et les forces commençaient à lui manquer. C'est alors que le capitaine, en meilleure posture, mit sa dague entre ses dents, sortit de la main gauche le pistolet qu'il avait glissé sous son ceinturon et, à quelques pouces de l'ennemi qui acculait le poète, tira un coup qui lui enleva la moitié de la mâchoire. L'éclair du coup de feu retint un instant ceux qui approchaient et, profitant de ce moment de répit, sans demander son reste, Don Francisco se mit à courir comme un lapin malgré sa mauvaise jambe.

Après avoir retenu un instant ceux qui le poursuivaient, Alatriste suivit son exemple et prit une ruelle qu'il avait repérée à l'avance, comme le font les vieux soldats qui savent préparer leur retraite avant d'aller au combat. Sage précaution si le sort vous est contraire et que vous n'avez plus la santé ou la clarté de jugement pour une opération si nécessaire. La ruelle passait sous une arche, puis aboutissait devant un mur que le fugitif sauta sans difficulté, pour retomber à grand bruit sur un poulailler de l'autre côté, effrayant les volatiles. Quelqu'un alluma et cria par une fenêtre, mais le capitaine était déjà au fond de la cour, avançant à l'aveugle dans l'obscurité sans se faire trop de mal. Après avoir escaladé une clôture, il se retrouva libre et indemne, à part quelques égratignures, mais la bouche plus sèche que les dunes de Nieuport. Il se réfugia dans un coin obscur pour reprendre son souffle et se demanda si Don Francisco de Quevedo était lui aussi sain et sauf. Quand il put entendre autre chose que le bruit de sa propre respiration, il constata que les cris et les coups de feu avaient cessé du côté du couvent des adoratrices. Personne n'irait donner un maravédis pour la peau de Don Vicente de la Cruz et de ses fils, au cas peu probable, pardieu, où l'un d'entre eux serait encore vivant.

Il entendit un bruit de pas pressés, comme ceux d'une troupe de gens en armes, puis vit la lueur de plusieurs lanternes au coin des rues. Ensuite, ce fut à nouveau le silence. Son souffle et sa maîtrise de soi retrouvés, il resta longtemps tapi dans le noir, frissonnant à cause de la sueur qui refroidissait sa peau sous son gilet de cuir. Mais il n'y prit pas autrement garde, préoccupé qu'il était de savoir qui leur avait tendu ce piège.

Les coups de feu et le cliquetis des armes m'avaient fait revenir sur mes pas. Angoissé, je me demandais ce qui se passait sur la place de l'Incarnation. Je me remis à courir, mais bientôt la prudence retrouva le chemin de mon esprit. Celui qui perd la jugeote – c'était l'une des grandes maximes militaires que j'avais apprises du capitaine – finit par perdre la tête, souvent avec l'aide indésirable d'une bonne corde de chanvre. Je m'arrêtai donc, le cœur battant à tout rompre, me demandant ce qu'il fallait faire et si ma présence allait aider ou gêner mes amis. J'en étais là de mes réflexions quand j'entendis un bruit de course et ce cri qui vous donnait la chair de poule : « Rendez-vous à l'Inquisition ! » A cette époque, comme je vous l'ai déjà dit, il suffisait à faire dresser sur la tête les cheveux du plus coriace des fiers-à-bras. J'eus à peine le temps de sauter derrière le petit mur de pierre qui descendait la côte en une sorte de garde-fou. Sur ces entrefaites, j'entendis de nouveau des pas, des coups de feu, des cris, des lames qui s'entrechoquaient. Je n'eus plus le temps de m'inquiéter du sort du capitaine ni de celui de Don Francisco, car le mien commençait à me préoccuper sérieusement. Tout à coup, un corps me tomba dessus. J'allais prendre mes jambes à mon cou quand le nouveau venu poussa un gémissement pitoyable. Au clair de lune, je reconnus le cadet des deux frères de la Cruz, Don Luis, grièvement blessé alors qu'il fuyait le couvent. Je m'approchai de lui et il me regarda dans la pénombre avec des yeux épouvantés qui me parurent fébriles à la faible clarté qui tombait de la lune. Il toucha mon visage, comme font les aveugles pour reconnaître les gens, puis se pencha en avant, vaincu par ce que je crus d'abord être un évanouissement jusqu'à ce que, ayant posé les mains sur lui, je les retire couvertes de sang. Une balle d'arquebuse et plusieurs coups de lame avaient transpercé Don Luis de part en part. Quand il s'abandonna entre mes bras, je sentis l'odeur de la sueur fraîche et celle, douceâtre, du sang.

– Aide-moi, petit, l'entendis-je murmurer.

Il avait prononcé ces mots d'une voix si basse et si faible que c'est à peine si je pus le comprendre. Le souffle court, il semblait à bout de forces. Je voulus me remettre debout en le tirant par un bras, mais il était trop lourd et ses blessures l'empêchaient de m'aider. Je ne parvins qu'à lui arracher un long gémissement de douleur. Il n'avait plus d'épée. Sa dague était à sa ceinture et j'en touchai la poignée en essayant de le soulever.

– Aide-moi, répéta-t-il.

Moribond, il paraissait beaucoup plus jeune, presque de mon âge. Tout ce qui dans son apparence et sa prestance

m'avait impressionné auparavant avait complètement disparu. Il était mon aîné et joli garçon, sans doute. Mais il avait
le cuir passablement troué. De mon côté, j'étais indemne et
son seul espoir. J'en conçus une singulière responsabilité.
Réprimant ma tendance naturelle qui m'aurait porté à le
laisser là pour filer sans demander mon reste, je me collai
contre lui, le pris par les épaules et essayai de le porter sur
mon dos. Mais il était très affaibli et glissait dans son propre
sang. Désespéré, je voulus m'essuyer le visage mais ne réussis
qu'à me barbouiller avec le liquide visqueux qui dégouttait
sur moi. Don Luis était retombé contre le muret de pierre. Il
ne se plaignait presque plus. J'essayai de trouver à tâtons les
plaies par lesquelles son âme s'envolait pour les panser avec
un mouchoir que je sortis de ma poche. Mais quand j'en
trouvai une et que j'y mis les doigts, comme saint Thomas,
je sus que tout était inutile et que ce jeune homme n'allait pas
voir le soleil se lever.

Je me sentais étrangement lucide. C'est l'heure de t'en
aller, Iñigo, me dis-je. Les coups de feu et le vacarme avaient
cessé sur la petite place, mais le silence était encore plus
menaçant, si c'est possible. Je pensai au capitaine et à Don
Francisco. A cette heure, ils pouvaient être morts, prisonniers
ou en fuite. Aucune de ces trois possibilités n'était encoura-
geante, même si ma confiance dans l'adresse du poète et dans
le sang-froid de mon maître m'inclinait à penser qu'ils étaient
sains et saufs, ou à l'abri dans quelque église voisine. Mais
elles étaient bien rares à être ouvertes à une heure si tardive.

Je me relevai lentement. Replié sur lui-même, Luis de
la Cruz ne se plaignait plus. Il mourait silencieusement et
je n'entendais plus que sa respiration, toujours plus faible
et saccadée, étouffée de temps en temps par un gargouille-

ment sinistre. Il n'avait plus la force de demander de l'aide ni de m'appeler petit. Il se noyait dans son sang qui lentement se répandait en une large tache sombre qu'éclairait la lune.

Très loin, j'entendis un dernier coup de pistolet ou d'arquebuse, comme si on pourchassait quelqu'un. Et je voulus croire que quelqu'un l'avait tiré, impuissant, contre l'ombre fugace d'un capitaine Alatriste qui parvenait à se mettre en lieu sûr à la faveur de la nuit. Quant à mes jeunes os, il était grand temps que j'y songe. Je m'approchai donc du moribond, sortis de son ceinturon cette dague qui ne lui servirait plus de rien pour son ultime voyage et, l'arme au poing, je me relevai avec la ferme intention de ne pas traîner davantage dans le coin.

C'est alors que j'entendis la petite musique. Une espèce de *tiruli-ta-ta* que quelqu'un sifflotait derrière moi. J'en eus froid dans le dos et mes doigts poisseux du sang de Luis de la Cruz se crispèrent sur le pommeau de la dague. Je me retournai très lentement en brandissant la lame qui jeta un bref éclair devant mes yeux. Appuyée au bout du muret de pierre, je découvris une ombre qui m'était familière : une silhouette sombre drapée dans une cape, coiffée d'un chapeau noir à large bord. Quand je la reconnus, je sus que le piège était mortel et qu'il s'était refermé sur moi aussi.

– On se retrouve, mon garçon, dit l'ombre.

La voix cassée et rauque de Gualterio Malatesta résonnait dans le silence de la nuit comme une sentence de mort. Vous me demanderez sans doute pourquoi diable je suis resté planté là, au lieu de m'enfuir. La raison en est double : d'une part, l'apparition de l'Italien m'avait figé sur place ; de l'autre, mon ennemi me barrait la route qui m'aurait permis de fuir le lieu où se mourait le pauvre Luis de la Cruz. J'étais donc là, la dague au poing, tandis que Malatesta m'observait avec le calme de quelqu'un qui a devant lui l'éternité du temps.

– On se retrouve, répéta-t-il.

Il s'écarta du mur comme s'il lui en coûtait, à regret, et fit un pas dans ma direction. Un seul. Je vis que son épée n'était pas sortie de son fourreau. Je fis un geste avec la dague, sans la baisser, et la lame se mit à luire faiblement entre lui et moi.

– Donne-moi ça, dit-il.

Je serrais les mâchoires sans répondre pour qu'il ne puisse deviner combien j'avais peur. Par terre, sur le côté, le moribond poussa un dernier gémissement et je n'entendis plus ses râles. Comme s'il n'avait pas vu ma lame, Malatesta fit encore deux pas dans ma direction et se pencha un peu sur le corps allongé par terre.

– Moins de travail pour le bourreau.

Il le poussa du bout du pied. Puis il se tourna vers moi qui continuais à le menacer avec mon arme. Malgré l'obscurité, il paraissait surpris de voir encore la dague dans ma main.

– Donne-moi ça, mon garçon, murmura-t-il sans presque me prêter attention.

D'autres ombres apparaissaient autour de nous, des ombres d'hommes en armes. Et celles-là avaient leurs pistolets, leurs épées et leurs dagues au clair. La lumière d'une lanterne apparut au-dessus du muret, au coin de la rue, puis descendit la côte. A la clarté qu'elle jetait, je pus voir l'ombre de l'Italien se découper sur Luis de la Cruz, immobile, recroquevillé par terre. S'il n'y avait pas eu ses yeux grands ouverts, on aurait dit qu'il dormait dans une immense flaque rouge.

La lanterne s'approchait, me plongeant dans l'ombre de Malatesta. Je le vis se découper à contre-jour sur les reflets métalliques que jetaient les armes des hommes qui arrivaient. J'avais toujours la dague au poing. Quand la lanterne s'arrêta, tout près, elle éclaira de côté, comme une lune sinistre, le visage maigre du spadassin, marqué par la petite vérole, couturé de cicatrices. Au-dessus de sa moustache taillée très fine, ses yeux aussi noirs que ses vêtements m'examinaient, amusés.

– Rends-toi à la Sainte Inquisition, mon garçon – dit-il, et la terrible formule sonnait comme une plaisanterie dans sa bouche, avec ce sourire qui était une menace.

J'étais trop terrorisé pour répondre ou faire un geste. La dague toujours brandie, j'étais figé en statue de pierre. Je suppose que je donnais le change en paraissant rempli d'une farouche détermination. Peut-être est-ce pour cette raison que je crus discerner une lueur de curiosité ou d'intérêt dans les yeux noirs de mon ennemi. Quelques instants plus tard, plusieurs des sbires qui nous cernaient firent mine de vouloir s'occuper de moi, mais Malatesta les arrêta d'un geste. Ensuite, très lentement, comme s'il me donnait le temps de réfléchir, il sortit son épée de son fourreau. Une épée énorme, interminable, avec de grands quillons et une large coquille. Il contempla la lame quelques instants d'un air pensif, puis la leva lentement jusqu'à ce qu'elle brille devant mes yeux. A côté d'elle, ma pauvre dague paraissait ridicule. Mais c'était ma dague. Je continuai donc à la tenir devant moi, même si mon bras commençait à peser du plomb, toujours sans dire un mot, regardant les yeux de l'Italien comme on se laisse fasciner par les yeux d'un serpent.

– Il est culotté, le petit.

Il y eut des rires parmi les ombres qui nous encerclaient derrière la lanterne. Malatesta allongea sa lame jusqu'à toucher la pointe de ma dague. Ce bruit métallique me fit froid dans le dos.

– Allez, donne, dit-il.

Quelqu'un rit encore et mon sang ne fit qu'un tour. Je donnai un coup violent pour écarter la lame de Malatesta et le tintement des deux aciers me parut être une sorte de défi. Soudain, sans savoir comment, je vis la pointe de son épée à deux pouces de mon visage, immobile, comme si elle se demandait s'il fallait ou non me transpercer. Je donnai un autre coup, mais la lame de Malatesta disparut aussitôt et mon mouvement se perdit dans le vide.

Il y eut encore des rires. Désemparé, je sentis une grande peine pour moi-même, une tristesse infinie qui me donna envie de pleurer, pas avec les yeux – j'étais trop fier pour laisser couler mes larmes – mais avec mon cœur et ma gorge. Et je compris qu'il y a des choses qu'aucun homme ne peut tolérer, même s'il y va de sa vie, ou justement parce qu'il y va plus que de sa vie. Rempli d'amertume, je me remémorai les montagnes et les champs verdoyants de mon enfance, la fumée qui sortait des cheminées dans l'air humide du matin, je me souvins des mains dures et calleuses de mon père, du frôlement de sa moustache de soldat ce jour où il m'embrassa pour la dernière fois alors que j'étais encore tout petit, avant d'aller rencontrer son destin sous les remparts de Jülich. Je sentis la chaleur de la cheminée et j'entrevis ma mère penchée devant le feu, cousant ou faisant la cuisine, et le rire de mes petites sœurs qui jouaient à côté. J'eus une pensée désespérée pour la chaleur tiède de mon lit au petit matin, en plein hiver. Puis ce fut le ciel bleu comme les yeux d'Angélica d'Alquézar qui me manqua cruellement, alors que j'étais dans la nuit noire, éclairé par une lanterne, dans cette rue où j'allais finir mes jours d'une si triste manière. Mais personne ne choisit le moment de sa mort. Et le mien était certainement venu.

C'est donc l'heure de mourir, me dis-je. Avec toute la vigueur de mes treize ans, avec tout le désespoir de celui qui sait qu'il ne pourra plus jamais jouir des belles choses de la vie, je regardai fixement la pointe brillante de l'acier ennemi et je recommandai maladroitement mon âme à Dieu avec une courte prière que ma mère m'avait enseignée dans sa langue basque en même temps que j'apprenais à parler. Ensuite, sûr que mon père m'attendrait les bras ouverts et un sourire de fierté sur les lèvres, je serrai bien fort la poignée de ma dague, je fermai les yeux et je me lançai en avant, frappant à l'aveuglette contre l'épée de Gualterio Malatesta.

Je survécus. Par la suite, chaque fois que je voulus me souvenir de ce moment, je ne pus qu'éprouver une rapide succession de sensations confuses : le dernier éclair de l'épée sous mes yeux, la fatigue de mon bras qui frappait à gauche et à droite, cet élan qui me poussait en avant sans rien rencontrer devant moi, ni lame, ni douleur, ni résistance. Et subitement le contact d'un corps solide et dur, des vêtements, et une main forte qui me retenait ou plutôt qui semblait me prendre par les épaules comme si son propriétaire craignait que je ne me fisse du mal. Mon bras tentait de se dégager pour poignarder tandis que je me débattais en silence. Et pendant ce temps, une voix murmurait avec un vague accent italien « du calme, mon garçon, du calme ! » presque avec tendresse, comme si j'allais me blesser avec ma dague. Ensuite, alors que je me démenais toujours, le nez dans ces vêtements noirs qui sentaient un peu la sueur, le cuir et le métal, la main qui paraissait vouloir me prendre par les épaules ou me protéger me tordit le bras lentement, sans brutalité excessive, jusqu'à ce que je sois obligé de lâcher mon arme. Alors, sur le point de pleurer comme j'aurais tant voulu pouvoir le faire, je me saisis de ce bras avec force, avec rage, pareil à un chien de chasse prêt à se faire tuer sur place. Et je ne lâchai point jusqu'à ce que cette même main se referme et m'assène un coup derrière l'oreille qui me fit voir trente-six chandelles et me plongea dans un sommeil aussi soudain que brutal. Un vide noir, profond, où je tombai sans crier ni me plaindre. Prêt à retrouver Dieu, comme un bon soldat.

Ensuite, je rêvai que je n'étais pas mort. Et, terrorisé, j'eus la certitude que j'allais me réveiller.

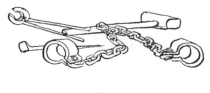

V

AU NOM DE DIEU

Je me réveillai en sursaut, tout endolori, dans l'obscurité d'une voiture qui roulait rideaux fermés. Mes poignets me semblaient étrangement lourds et, quand je les bougeai, j'entendis un tintement métallique qui me remplit de frayeur : on m'avait mis les fers et j'étais attaché au plancher de la voiture par une chaîne. A travers les fentes des rideaux, je vis de la lumière. J'en déduisis que le jour s'était déjà levé. Mais je n'avais aucune idée du temps qui s'était écoulé depuis qu'on m'avait fait prisonnier. La voiture avançait à allure modérée. De temps en temps, dans les côtes, j'entendais le cocher faire claquer son fouet pour pousser ses mules. Des bruits de sabots allaient et venaient autour de la voiture. On me conduisait donc hors de la ville, enchaîné et sous bonne garde. Et selon ce que j'avais entendu lorsqu'on m'avait arrêté, j'étais maintenant le prisonnier de l'Inquisition. Inutile de se triturer les méninges pour se faire une idée de la situation : si quelqu'un était dans de beaux draps, c'était bien moi.

Je me mis à pleurer dans l'obscurité de la voiture secouée par les cahots. Personne ne pouvait me voir. Je pleurai tant que mes yeux n'eurent bientôt plus une seule larme à verser. Puis, reniflant tant et plus, je me blottis dans un coin et je me mis à attendre, mort de peur. Comme tous les Espagnols d'alors, j'en savais assez sur les pratiques des inquisiteurs – leur ombre sinistre nous accompagnait depuis des années et des années – pour savoir quelle était ma destination : les terribles cachots secrets du Saint-Office, à Tolède.

Je crois vous avoir déjà parlé de l'Inquisition. A vrai dire, elle ne fut pas pire chez nous que dans d'autres pays d'Europe, même si les Hollandais, les Anglais, les Français et les luthériens qui étaient nos ennemis naturels à l'époque en ont fait cette infâme légende noire pour justifier la mise à sac de l'empire espagnol à l'heure de sa décadence. Il est vrai que le Saint-Office, créé pour veiller sur l'orthodoxie de la foi, fut plus rigoureux en Espagne qu'en Italie ou au Portugal, par exemple, et encore pire dans les Indes occidentales. Mais l'Inquisition exista aussi en d'autres lieux. De plus, avec ou sans elle, les Allemands, les Français et les Anglais firent rôtir plus d'hérétiques, de sorcières et de pauvres bougres qu'en Espagne où, grâce à la bureaucratie méticuleuse de la monarchie autrichienne, le moindre de ces malheureux, et il y en eut beaucoup mais pas autant qu'on le croit, a son nom et son prénom consignés sur des registres. Chose dont ne peuvent certainement pas se vanter les sujets du très-chrétien roi de

France, ni les maudits hérétiques du Nord, ni la fourbe Angleterre, méprisable, repaire de pirates. Quand ceux-là érigeaient des bûchers, ils le faisaient dans la joie et en masse, sans ordre ni méthode, selon leurs caprices ou leurs intérêts, bande d'hypocrites. Et puis, à cette époque, la justice séculière était aussi cruelle que la justice ecclésiastique. Les gens l'étaient aussi, faute d'éducation et parce que le vulgaire aime à voir le spectacle de son prochain en train de se faire écarteler. Quoi qu'il en soit, la vérité est que l'Inquisition fut souvent une arme de gouvernement dont se servaient les rois comme notre Philippe IV qui lui abandonna les nouveaux chrétiens et les judaïsants, les sorcières, les bigames et les sodomites, ainsi que la censure des livres et la lutte contre la contrebande des armes et des chevaux, plus le contrôle de la monnaie et la chasse aux faux-monnayeurs, sous prétexte que les contrebandiers et les faux-monnayeurs portaient un grave préjudice aux intérêts de la monarchie. Et qui était l'ennemi de la monarchie, qui défendait la foi, était aussi l'ennemi de Dieu.

Pourtant, même si tous les procès n'aboutirent pas au bûcher et qu'il y eut de nombreux exemples de piété et de justice en dépit des calomnies étrangères, l'Inquisition, comme tout pouvoir excessif placé entre les mains des hommes, se révéla néfaste. La décadence que les Espagnols connurent au cours du siècle peut s'expliquer d'abord et avant tout par la suppression de la liberté, l'isolement culturel, la méfiance et l'obscurantisme religieux nourris par le Saint-Office. L'horreur qu'il inspirait était si grande que même ceux qu'on appelait ses familiers, les agents de l'Inquisition – charge qui pouvait s'acheter –, jouissaient de la plus totale impunité. Être familier du Saint-Office, c'était être espion ou délateur. Il y en avait vingt mille dans l'Espagne du catholique roi Philippe. Imaginez un peu ce qu'était l'Inquisition dans un pays comme le nôtre où la justice se laissait corrompre, où on achetait et vendait jusqu'au Très Saint Sacrement, où tout un chacun avait un compte à régler, sans qu'il y eût – et, ma foi, il n'y en a pas davantage aujourd'hui – deux Espagnols qui prennent de la même manière leur chocolat du matin : l'un aime celui de Guaxaca, l'autre le préfère noir, l'autre encore avec du lait, le suivant avec des rôties et celui-là, là-bas, dans une petite tasse avec du pain perdu. La question n'était plus d'être bon catholique et vieux chrétien, mais de le paraître. Et pour le paraître, le mieux était de dénoncer ceux qui ne l'étaient pas, ou ceux que l'on soupçonnait de ne pas l'être à cause de vieilles rancunes, de jalousies ou de querelles. Ainsi qu'on pouvait s'y attendre, les bons citoyens faisaient pleuvoir les dénonciations comme la grêle. Ce n'était que : « J'ai appris de bonne source... » « On dit que... » Et lorsque le doigt implacable du Saint-Office désignait un malheureux, celui-ci se trouvait aussitôt sans protecteurs, sans amis, sans parents. Le fils accusait la mère, la femme son mari, le prisonnier dénonçait ses complices, ou en inventait, pour échapper à la torture et à la mort.

Et moi j'étais là, avec mes treize ans, pris dans cet horrible filet, sachant ce qui m'attendait mais sans oser y songer trop longtemps. On m'avait parlé de gens qui s'étaient ôté la vie pour échapper à l'horreur des prisons où l'on me conduisait. Et je dois avouer que, dans l'obscurité de la voiture, j'en vins à comprendre leur geste. Il aurait été plus facile et plus digne, me disais-je, de m'embrocher sur l'épée de Gualterio Malatesta et d'en finir une fois pour toutes. Mais la Divine Providence m'avait sans doute réservé cette épreuve. Je soupirai profondément, blotti dans mon coin, résigné à l'affronter. Je n'avais guère le choix. Mais je n'aurais pas demandé mieux que la Providence, divine ou non, réserve cette épreuve à quelqu'un d'autre.

Je pensai beaucoup au capitaine Alatriste pendant le reste du voyage. Je désirais de toute mon âme qu'il soit sain et sauf, peut-être pas très loin, prêt à me libérer. Mais j'abandonnai vite cette idée. Même s'il s'était échappé de ce piège si bien tendu par ses ennemis, nous n'étions pas les héros d'un roman de chevalerie. Les fers qui tintaient à mes poignets avec les mouvements de la voiture étaient bien réels. Comme l'étaient la peur et la solitude que je sentais en moi, et mon destin incertain. Ou certain, selon le point de vue. Plus tard, la vie et le passage du temps, les aventures, les amours et les guerres de notre roi me firent perdre la foi en beaucoup de choses. Mais, malgré mon jeune âge, je ne croyais déjà plus aux miracles.

La voiture s'arrêta. J'entendis le cocher changer les mules. Nous nous étions donc arrêtés dans un relais de poste. J'essayais de calculer où nous étions quand la portière s'ouvrit. La violence brutale de la lumière m'éblouit tellement que je fus quelques instants aveuglé. Je me frottai les yeux et, quand je pus voir, Gualterio Malatesta se tenait devant le marchepied et m'observait. Comme toujours, il était tout en noir, même ses gants et ses bottes, avec la plume noire de son chapeau et cette fine moustache qui soulignait la minceur de ses traits, forçant le contraste entre la netteté de son habillement et son visage tellement dévasté par les marques et les cicatrices qu'il faisait penser à un champ de bataille. Derrière lui, en haut d'une longue côte, à une demi-lieue, je pus voir Tolède qui se découpait sur le ciel doré par le soleil couchant, avec ses vieilles murailles que couronnait l'alcázar de l'empereur Charles Quint.

— Nos chemins se séparent ici, mon garçon, dit Malatesta.

Abasourdi, je le regardai sans comprendre. Je devais avoir un aspect lamentable, avec tout le sang séché du pauvre Luis de la Cruz sur mon visage et mes vêtements, sans parler des traces du voyage. Un moment, je crus que l'Italien fronçait les sourcils, comme s'il n'était pas content de mon état ou de ma situation. Je continuais à le regarder, hébété.

— C'est ici qu'on va s'occuper de toi, ajouta-t-il au bout d'un moment.

Il ébaucha ce sourire qui était le sien, lent, cruel et dangereux, un sourire qui découvrait des dents blanches, semblables aux crocs d'un loup. Mais il s'arrêta aussitôt, comme si l'envie lui en avait passé. Peut-être pensa-t-il que j'étais suffisamment abattu pour ne pas me mortifier davantage avec son rictus. Le fait est qu'il ne paraissait pas du tout à son aise. Il m'observa un long moment puis, de nouveau impénétrable, posa la main sur la portière de la voiture pour la refermer.

— Où va-t-on m'emmener? demandai-je.

Ma voix me parut si faible que je ne la reconnus point. L'Italien ne répondit pas. Ses yeux noirs comme la mort me fixaient. Gualterio Malatesta regardait toujours les gens sans battre les paupières.

— Là-bas.

D'un geste du menton, il me montra la ville derrière son dos. Je regardai sa main appuyée sur la portière comme si c'était la main du bourreau et la portière une pierre tombale. Puis je voulus prolonger ce que mon instinct me disait être la dernière lumière du soleil que j'allais voir avant longtemps.

– Pourquoi ?... Qu'est-ce que j'ai fait ?

Il ne répondit pas et se contenta de me regarder encore. J'entendais le bruit de l'attelage qu'on changeait et la voiture frissonna quand on harnacha les nouvelles mules. Je vis passer derrière l'Italien plusieurs hommes armés jusqu'aux dents, ainsi que des dominicains dans leurs habits noir et blanc. L'un d'eux m'adressa au passage un coup d'œil indifférent, comme s'il regardait un simple objet. Et ce regard me fit plus peur que toute autre chose.

– Je regrette, mon garçon, dit Malatesta.

Il avait dû comprendre l'horreur que je ressentais. Et que le diable m'emporte s'il ne me parut pas sincère à ce moment-là. Mais ce ne fut que l'affaire d'un instant. Ces trois mots, et à peine un reflet dans l'obscurité de son regard. Et quand je voulus me raccrocher à ce qui m'avait paru être une étincelle de compassion, je me heurtai de nouveau au masque impassible du sicaire qui commençait à refermer la portière.

– Et le capitaine ? demandai-je, inquiet, essayant de retenir un peu plus de ce soleil dont j'allais bientôt être privé, peut-être à tout jamais.

Il ne répondit pas. La lumière du couchant dessinait le contour de son visage ténébreux. Et c'est alors que je vis sans aucun doute possible un bref éclair de dépit assombrir ses traits. Mais il le cacha aussitôt derrière sa grimace cruelle, son sourire dangereux et carnassier qui finalement tordit ses lèvres pâles et froides. Mais je me sentis pourtant rempli de joie et sa grimace ne me fit ni chaud ni froid car je compris que Diego Alatriste avait réussi à s'échapper du piège.

Malatesta fit alors claquer la portière et je me retrouvai à nouveau dans les ténèbres. J'entendis des ordres confus, le galop d'un cheval qui s'éloignait, puis le claquement du fouet du cocher. Les mules se mirent en marche et la voiture s'ébranla, me conduisant là où même Dieu ne serait plus de mon côté.

Dès qu'on me fit descendre dans une cour intérieure lugubre que le crépuscule rendait encore plus sombre, je compris ce que c'était que de se retrouver pieds et poings liés devant une machine toute-puissante, dépourvue de tout sentiment, impitoyable. On m'ôta mes fers, puis on me conduisit dans un souterrain, escorté par les quatre sbires silencieux du Saint-Office et les deux dominicains que j'avais entrevus au relais de poste. Je vous épargnerai le détail de ce qui suivit : fouille complète au corps, puis interrogatoire préliminaire durant lequel un greffier me demanda mes nom et prénom, mon âge, le nom de mon père et de ma mère, celui de mes quatre grands-parents et de mes huit arrière-grands-parents, mon domicile actuel et mon lieu d'origine. Ensuite, sur un ton monocorde, il vérifia mes connaissances de bon chrétien en me faisant réciter le Pater Noster et l'Ave Maria avant de me demander le nom de toutes les personnes avec lesquelles je me souvenais avoir eu affaire dans ma situation. Je demandai quelle était ma situation, mais il ne me répondit pas. Je demandai pourquoi j'étais là et n'obtins pas davantage de réponse. Quand il recommença à m'interroger sur les per-

sonnes que je connaissais, je restai coi, feignant la confusion
et la peur ou plutôt, pour être franc, me bornant à extérioriser
les sentiments sincères qui remplissaient mon cœur. Devant
l'insistance du scribe, je me mis à pleurer à chaudes larmes,
ce qui parut le satisfaire pour le moment car il abandonna
sa plume et son encrier, répandit un peu de poudre sur la
page fraîche qu'il rangea. Je décidai en cet instant de toujours
me mettre à pleurer quand on me presserait de trop près,
chose qui n'allait pas m'être bien difficile, c'était à craindre.
Car si quelque chose n'allait pas me manquer, me disais-je
dans mon malheur, ce serait les motifs de verser des larmes.

Alors que je croyais en avoir fini avec ces formalités, je
compris que nous n'en étions encore qu'au prologue et que
le premier acte n'avait pas même commencé. On m'emmena
dans une pièce carrée, dépourvue de fenêtres et de meurtrières,
éclairée par un grand candélabre. Le mobilier se composait
d'une énorme table, d'une autre plus petite avec une écritoire
et de quelques bancs. Les deux dominicains du relais de poste
s'assirent à la grande table à côté d'un troisième homme à
la barbe noire, habillé d'une robe sombre qui lui donnait l'air
imposant d'un rapporteur ou d'un juge, avec une croix en or
sur la poitrine. Un greffier différent de celui de mon premier
interrogatoire alla s'installer devant l'écritoire : il ressemblait
à un corbeau et consignait minutieusement tout ce qui se
disait et peut-être même ce qui ne se disait pas, craignais-je
en mon for intérieur. Deux sbires, le premier grand et fort,
l'autre roux et maigre, me surveillaient. Au mur, il y avait un
énorme crucifix dont le locataire semblait être passé entre
les mains de ce même tribunal.

Comme je l'appris sans tarder, le plus terrible lorsqu'on
se retrouvait enfermé dans les prisons secrètes de l'Inquisition

était que personne ne vous disait quel était le délit qu'on vous reprochait, ni quels preuves et témoignages on avait contre vous. Rien de rien. Les inquisiteurs se contentaient de poser question après question, pendant que le greffier notait tout et que le malheureux prisonnier se creusait la cervelle pour savoir si ce qu'il disait allait le disculper ou au contraire le condamner. Vous pouviez ainsi croupir dans un cachot pendant des semaines, des mois et même des années sans rien savoir de la raison pour laquelle on vous avait jeté en prison. Et ce n'était pas tout. Si vos réponses n'étaient pas satisfaisantes, on recourait à la torture pour faciliter les aveux et obtenir les preuves nécessaires. Vous répondiez alors à tort et à travers, sans savoir ce qu'il fallait vraiment dire. Tout vous poussait au désespoir, à la délation consciente ou inconsciente des amis et de vous-même, parfois à la folie et à la mort. Quand vous ne montiez pas ensuite sur un bûcher de bon bois, vêtu d'un san-benito, coiffé de la caroche, le garrot autour du cou, tandis que vos voisins et anciennes connaissances applaudissaient sur la place, enchantés du spectacle.

Au moins savais-je pourquoi j'étais là, même si ce n'était pas d'un grand réconfort. Dès les premières questions, je me rendis vite compte que je me trouvais dans une situation très délicate. Surtout quand le plus jeune des deux religieux, celui qui m'avait regardé avec indifférence quand j'avais échangé quelques mots avec Malatesta, me demanda les noms de mes complices.

– Complices de quoi, Illustrissime ?

– Je ne suis pas Illustrissime, répondit-il, la mine sombre, sa large tonsure brillant à la lumière du candélabre. Et je t'interroge sur les complices de ton sacrilège.

Ils se distribuaient les rôles, comme dans une comédie.

Alors que l'homme barbu à la robe noire restait silencieux, semblable à un juge qui écoute et délibère en lui-même avant de prononcer une sentence, les deux dominicains jouaient fort bien leur personnage, celui d'inquisiteur implacable pour le plus jeune, celui de conseiller bienveillant pour l'autre qui était un peu plus âgé que le premier et d'un aspect plus rondelet et placide. Mais j'avais suffisamment vécu à Madrid pour ne pas me laisser prendre à ces petits jeux. Je décidai donc de ne faire confiance ni à l'un ni à l'autre, et d'agir comme si l'homme à la robe noire n'existait pas. De plus, j'ignorais ce qu'ils savaient. Et j'ignorais absolument si mon sacrilège – comme ils venaient de le nommer – était bien ce qu'ils prétendaient être. En face de quelqu'un qui peut vous nuire, il y a autant de danger à en dire trop que pas assez.

– Je n'ai pas de complices, révérend père – je m'adressais au plus gros des deux, mais sans trop d'espoir. Et je n'ai commis aucun sacrilège.

– Tu nies, dit le plus jeune, que tu as été complice de la profanation du couvent des bienheureuses adoratrices ?

C'était déjà quelque chose, même si ce quelque chose me faisait froid dans le dos quand j'en imaginais les conséquences. On m'accusait d'un fait concret. Je niai, naturellement. Et aussitôt je niai aussi avoir connu, même pas de vue, l'homme grièvement blessé que j'avais rencontré par hasard en m'en retournant chez moi, derrière le parapet de la côte des Caños del Peral. Je niai aussi que j'avais opposé une résistance aux agents du Saint-Office, comme je niai enfin tout ce que je pus, sauf le fait incontestable que j'avais une dague au poing quand on m'avait mis la main au collet et que j'étais couvert du sang d'une autre personne, ce sang qui faisait encore une croûte brunâtre sur mon pourpoint. Comme il m'aurait été impossible de le nier, je m'embarquai dans un tissu de circonlocutions et d'explications qui n'avaient rien à voir avec l'affaire. Finalement, je me mis à pleurer, ultime ressource pour éviter de nouvelles questions. Mais ce tribunal avait vu couler bien des larmes. Les deux religieux, l'homme à la robe noire et le greffier se contentèrent donc d'attendre que j'en aie fini avec mes jérémiades. Ils semblaient avoir tout le temps devant eux. Et ceci, avec l'indifférence qu'ils affichaient – ni acharnement ni reproches, me posant encore et toujours les mêmes questions avec une insistance monotone –, était le plus inquiétant. J'avais beau essayer de garder l'air calme et serein qui me paraissait propre à un innocent, c'était là ce qui me terrorisait le plus chez ces hommes, au fond de mon cœur : leur froideur et leur patience. Car au bout d'une douzaine de non et de je ne sais pas, même le religieux rondelet avait cessé de jouer son rôle. De toute évidence, ce n'était pas là que je trouverais de la compassion.

Je ne m'étais rien mis sous la dent depuis plus de vingt-quatre heures et je me sentais défaillir, même assis sur mon banc. C'est alors qu'ayant versé sans succès toutes les larmes de mes yeux, je me mis à songer aux avantages d'un évanouissement qui, au point où en étaient les choses, ne serait pas totalement feint. Sur ce, le religieux me posa une question qui faillit bien me faire m'évanouir pour de bon.

– Que sais-tu de Diego Alatriste y Tenorio, nommé à tort le capitaine Alatriste ?

C'est fini, mon pauvre Iñigo, pensai-je alors. Tout est terminé. Plus de dénégations, plus de mots inutiles. Dorénavant, tout ce que tu diras, y compris ce que tu affirmes ou démens devant ce greffier qui note la moindre de tes paroles, peut être utilisé contre le capitaine. Donc, tu restes muet

comme une carpe, quoi qu'il arrive. Et c'est ainsi que malgré
ma situation, malgré le fait que la tête me tournait, malgré
la panique infinie qui me gagnait, je décidai, réunissant ce qui
me restait encore de fermeté, que ni ces religieux, ni les
prisons secrètes, ni le Conseil suprême de l'Inquisition, ni le
pape de Rome n'allaient m'arracher un mot sur le capitaine
Alatriste.

— Réponds à la question, m'ordonna le plus jeune.

Je n'en fis rien. Je regardais à mes pieds une dalle fissurée
dont les zigzags me parurent aussi tortueux que ma pauvre
destinée. Je la regardais toujours quand l'un des sbires qui se
tenaient derrière moi, obéissant à l'ordre que lui avait donné
le religieux d'un simple battement de paupières, s'avança
pour me donner une énorme taloche qui fit résonner ma
nuque comme un coup de massue. A la grosseur de la main,
je déduisis que c'était l'homme grand et fort qui m'avait
frappé.

— Réponds à la question, répéta le religieux.

Je continuai à regarder la fissure par terre sans dire un
mot et je reçus une deuxième taloche, encore plus forte que
la première. Les larmes jaillirent malgré moi de mes yeux,
sincères cette fois, maintenant que je ne voulais plus pleurer.
Je les essuyai du revers de la main.

— Réponds à la question.

Je me mordis les lèvres pour ne pas être tenté d'ouvrir la
bouche, et tout d'un coup la fissure de la dalle monta rapidement jusqu'à mes yeux tandis que mes tympans résonnaient,
bang, comme la peau d'un tambour. Cette fois, le coup m'avait
envoyé à terre, les quatre fers en l'air. Les dalles étaient aussi
froides que la voix qui s'éleva ensuite.

— Réponds à la question.

Les mots semblaient venir de très loin, comme dans un mauvais rêve. Une main me força à me retourner sur le dos. Je vis alors le visage du roux penché au-dessus de moi et, un peu en arrière, celui du religieux qui m'interrogeait. Désespéré, abandonné à mon triste sort, je ne pus réprimer un gémissement car je savais maintenant que rien ne pourrait me faire sortir de ce lieu et que ces hommes avaient effectivement tout le temps du monde devant eux. Quant à moi, la route que j'allais parcourir pour me rendre en enfer ne faisait que commencer. Et je n'étais nullement pressé de poursuivre ce voyage. Très proprement, je m'évanouis donc pour de bon, juste au moment où le roux me prenait par mon pourpoint pour me faire me relever. Et par-devant le Christ qui regardait sur le mur, je jure que cette fois-là je n'ai pas eu à faire semblant.

J'ignore combien de temps s'écoula ensuite dans ce cachot humide où je fus enfermé avec pour seule compagnie un énorme rat qui passait son temps à me regarder depuis une sentine obscure qui se trouvait dans un coin de la cellule. Je dormis, je fis des cauchemars, je chassai les punaises dans mes vêtements pour tuer le temps et, par trois fois, je dévorai le pain dur et l'écuelle de brouet nauséabond qu'un geôlier sombre et muet déposa sur le seuil de ma cellule dans un grand bruit de clés et de verrous. Je cherchais le moyen de m'approcher du rat pour le tuer, car sa présence me remplissait de terreur chaque fois que le sommeil s'emparait de moi, quand le sbire à la tignasse rousse accompagné de la brute qui m'avait frappé – que Dieu lui rende la pareille – vinrent me chercher. Cette fois, après avoir parcouru des corridors tous plus lugubres les uns que les autres, je me retrouvai dans une pièce semblable à la première, avec quelques nouveautés sinistres côté compagnie et mobilier. Derrière la table, en plus du barbu en robe noire, du greffier à tête de corbeau et des deux dominicains se trouvait un autre religieux que les autres traitaient avec beaucoup de déférence. Il suffisait de le regarder pour avoir la chair de poule. Cheveux gris et courts, en forme de calotte sur les tempes, les joues creuses, des mains décharnées comme des serres sortant des manches de son habit, une lueur fanatique dans ses yeux qui semblaient consumés par la fièvre, personne n'aurait jamais souhaité avoir cet homme comme ennemi. A côté de lui, les autres ressemblaient à de douces petites sœurs des pauvres. A cela il faut ajouter, dans un coin de la salle, un chevalet de torture avec son attirail de cordes. Cette fois, il n'y avait pas de banc où m'asseoir et mes jambes qui me soutenaient à peine se mirent à trembler. Pauvre de moi. Mes tortionnaires allaient s'en donner à cœur joie.

Une fois de plus, je vous épargnerai les formalités et le long interrogatoire auquel je fus soumis par mes vieilles connaissances, les deux dominicains, tandis que l'homme à la robe et le nouvel inquisiteur écoutaient en silence, que les deux sbires restaient immobiles dans mon dos et que le greffier trempait sa plume dans son encrier pour noter autant mes réponses que mes silences. Cette fois, grâce à l'attitude du nouveau venu – il passait aux deux autres dominicains des papiers qu'ils lisaient avec attention avant de me poser d'autres questions –, je pus me faire une idée de ce qui m'était tombé dessus. Le terrible mot *judaïsants* fut prononcé au moins cinq fois et chaque fois je sentis mes cheveux se dresser sur ma tête. Car ces dix lettres avaient envoyé bien des gens au bûcher.

– Savais-tu que la famille de la Cruz n'est pas de sang pur ?

La question m'ébranla, car je n'ignorais pas sa sinistre signification. Depuis l'expulsion des juifs par les Rois Catholiques, l'Inquisition poursuivait avec rigueur les derniers résidus de la foi mosaïque, particulièrement les convertis qui continuaient à pratiquer secrètement la religion de leurs ancêtres. Dans une Espagne aussi hypocrite, où jusqu'au plus bas des roturiers se proclamait hidalgo et vieux chrétien, la haine du juif était générale, et les lettres de pureté du sang, authentiques ou achetées, étaient indispensables pour accéder à n'importe quelle dignité ou charge d'importance. Et pendant que les puissants s'enrichissaient avec de scandaleux négoces, protégés par leurs messes et leurs aumônes publiques, le peuple violent et vengeur tuait la faim et l'ennui en baisant des reliques, en amassant les indulgences et en persécutant avec enthousiasme les sorcières, les hérétiques et les judaïsants. Comme je l'ai déjà dit en une autre occasion à propos de Don Francisco de Quevedo et de plusieurs autres, les beaux esprits eux-mêmes n'étaient pas étrangers à ce climat de haine et de rejet de tout ce qui n'était pas orthodoxe. Le grand Lope de Vega n'avait-il pas écrit un jour :

Dure nation que bannit Hadrien,
qui en Espagne à notre grande tristesse,
tant nous opprime, et blesse
l'empire chrétien
aujourd'hui, roide en sa barbare envie,
elle dédore notre Monarchie.

Et Pedro Calderón de la Barca, cet autre grand de la comédie, allait plus tard faire dire à un de ses plus fameux personnages :

> *Ah, quelle maudite canaille !*
> *Beaucoup périrent au bûcher,*
> *et un tel plaisir me tenaille*
> *de les voir tant qu'ils sont brûler*
> *que moi je dis sur les tisons :*
> *« Chiens d'hérétiques, me voici*
> *ministre de l'Inquisition. »*

Sans oublier Don Francisco de Quevedo lui-même qui, à cette heure funeste, était sans doute en prison ou en fuite pour s'être fait un point d'honneur d'aider un ami de sang impur alors que, paradoxe de ce siècle infâme, il avait usé plus d'une fois de son esprit contre la race de Moïse, en vers comme en prose. C'est que, ces derniers temps, les protestants et les morisques ayant été brûlés ou étant partis en exil, l'incorporation du royaume du Portugal sous notre bon et grand Philippe II avait amené une foule de juifs qui pratiquaient leur religion en public ou secrètement, redonnant à l'Inquisition qui les pourchassait de quoi se mettre sous la dent, comme le chacal dévore la charogne. C'était d'ailleurs un autre des motifs qui opposaient le favori, le comte d'Olivares, au Conseil suprême de l'Inquisition. Car, cherchant à conserver intact le vaste héritage des Autrichiens, sans parler de vider les bourses des sujets accablés sous le poids de l'impôt et celles des nobles égoïstes, de faire la guerre en Flandre et de chercher à briser les franchises d'Aragon et de Catalogne – ce qui n'était pas une mince affaire –, Don Gaspar de Guzmán, comte-duc d'Olivares, lassé que la monarchie soit prise en otage par les banquiers génois, voulait les remplacer par les banquiers portugais dont la pureté du sang pouvait être douteuse. Leur argent était d'un coup devenu chrétien de longue date, diaphane, comptant et sonnant. Le favori se heurta cependant aux conseils du royaume, à l'Inquisition et même au nonce apostolique, pendant que le roi, brave homme mais pisseur d'eau bénite, faible pour les choses de conscience comme pour bien d'autres, se montrait indécis. Il préférait qu'on saigne ses sujets de leurs derniers maravédis plutôt que de contaminer la foi. C'était, comme on dit, nous faire servir Dieu avant la panse. Plus tard, vers le milieu du siècle, avec la disgrâce du comte-duc, le Saint-Office présenta sa facture, déclenchant une des plus cruelles persécutions de convertis en Espagne. Le projet d'Olivares sombra, et beaucoup de gros banquiers et de commerçants hispano-portugais emportèrent dans d'autres pays comme la Hollande leur richesse et leur commerce, au bénéfice des ennemis de notre couronne. Nous nous sommes retrouvés Gros-Jean comme devant. Tous ensemble, nobles et religieux d'ici, hérétiques là-bas, et leur putain de mère à eux tous, ils n'y allèrent pas de main morte. Aux chevaux maigres vont les mouches et nous autres Espagnols n'avons jamais eu besoin de personne pour nous ruiner, tant il est vrai que nous avons toujours su parfaitement nous mettre tout seuls dans la panade.

J'étais donc là, garçon encore imberbe, pris dans toutes ces machinations que j'allais – c'était l'évidence même – bientôt payer de mon cou. Désespéré, je poussai un soupir. Puis je regardai le plus jeune des dominicains qui poursuivait mon interrogatoire. Le greffier attendait, sa plume suspendue au-dessus du papier, en me regardant comme on regarde quelqu'un qui a tout ce qu'il faut pour se transformer en fagot.

— Je ne connais aucune famille de la Cruz, répondis-je enfin, avec toute la conviction dont j'étais capable. Je ne peux donc savoir s'ils sont de sang impur.

Le greffier pencha la tête comme s'il s'attendait à cette réponse, puis il fit gratter sa plume sur le papier, continuant sa triste besogne. Le dominicain vieux et maigre ne me quittait pas des yeux.

— Sais-tu, demanda le plus jeune, qu'on accuse Elvira de la Cruz d'avoir incité ses consœurs nonnes et novices à observer des pratiques hébraïques ?

J'avalai ma salive, ou du moins j'essayai de le faire, palsembleu, car j'avais la bouche aussi sèche qu'un caillou. Le piège se refermait et c'était un piège diablement sinistre. Je niai une autre fois, toujours plus effrayé à la pensée de ce qui m'attendait.

— Sais-tu que son père, ses frères et d'autres complices, judaïsants comme elle, ont tenté de la libérer après que l'aumônier et la supérieure du couvent avaient découvert ses pratiques et l'avaient fait enfermer ?

Tout cela commençait à sentir très fort le fagot, et c'était ma peau qu'on allait faire griller. Je niai une fois de plus, mais cette fois les mots me restèrent dans la gorge. J'avais le gosier serré et je dus me contenter de secouer la tête. Mon interrogateur, ou comme vous voudrez l'appeler, continua, implacable.

— Et tu nies que toi et tes complices faisiez partie de cette conspiration judaïque ?

Malgré ma peur – qui à dire vrai était grande –, la moutarde me monta un peu au nez.

– Je suis basque et vieux chrétien, protestai-je. Autant que mon père qui était soldat et qui est mort en combattant pour le roi.

L'interrogateur fit un geste méprisant de la main, comme pour dire que tous ces pauvres diables qui mouraient dans les guerres du roi n'avaient pas beaucoup d'importance. Puis l'inquisiteur maigre et silencieux se pencha vers le plus jeune et lui glissa quelques mots à l'oreille. Le jeune dominicain acquiesça d'un signe de tête respectueux. L'autre se retourna vers moi et ouvrit pour la première fois la bouche. Sa voix était si menaçante et caverneuse que d'un coup le jeune dominicain me parut être le nec plus ultra de la compréhension et de la sympathie.

– Répète ton nom, m'ordonna le vieux dominicain maigre.

– Iñigo.

Les yeux fébriles et sévères du dominicain, profondément enfoncés dans leurs orbites, m'avaient fait bégayer. Il continua, impitoyable.

– Iñigo et quoi d'autre?

– Iñigo Balboa.

– Et le nom de ta mère?

– Elle s'appelle Amaya Aguirre, révérend père.

J'avais déjà répondu à toutes ces questions dont les réponses avaient été consignées par le greffier. Décidément, tout cela sentait bien mauvais. Le religieux m'adressa un regard féroce, étrangement satisfait.

– Balboa, dit-il, est un nom portugais.

Je crus que la terre me manquait sous les pieds, car je comprenais fort bien la portée de cette flèche empoisonnée. Il était vrai que mon nom de famille venait de la frontière du Portugal d'où mon grand-père était parti pour s'engager sous les drapeaux du roi. Soudain – je vous ai déjà dit que j'étais un garçon dégourdi pour mon âge –, les conséquences de cette affaire m'apparurent avec tant de clarté que si une porte ouverte s'était trouvée près de moi, j'aurais pris mes jambes à mon cou. Je regardai en coulisse le chevalet de torture qui attendait d'un côté de la salle et que l'Inquisition n'utilisait jamais comme châtiment mais comme instrument pour éclaircir la vérité, ce qui ne me rassurait pas le moins du monde. Mon unique réconfort était que, selon les règles du Saint-Office, on ne pouvait torturer les gens de bonne réputation, les conseillers du roi et les femmes enceintes, ni les serfs pour qu'ils témoignent contre leurs maîtres, ni les mineurs de moins de quatorze ans, ce qui était mon cas. Mais j'étais sur le point d'atteindre ces quatorze ans fatidiques et si ces personnages étaient capables de me chercher des aïeux juifs, ils l'étaient tout autant de me faire grandir à leur guise des mois nécessaires pour une séance de cordes. Et je ne parle pas précisément de cordes de guitare, même si l'Inquisition savait faire chanter ses victimes.

– Mon père n'était pas portugais, protestai-je. C'était un soldat originaire du León, comme son père. Au retour d'une campagne, il est resté à Oñate où il s'est marié... Soldat et vieux chrétien.

– Ils disent tous la même chose.

C'est alors que monta un cri de femme, désespéré et terrible, étouffé par la distance, mais si violent qu'il se fraya un chemin à travers les corridors et la porte fermée. Comme s'ils n'avaient rien entendu, mes inquisiteurs continuèrent à me regarder, imperturbables. Et je frissonnai de peur quand le religieux osseux lança un regard fébrile au chevalet de torture, puis me regarda droit dans les yeux.

– Quel âge as-tu ? demanda-t-il.

Le cri de femme retentit encore une fois, aussi horrible qu'un coup de fouet. Tous restèrent immobiles, comme si j'étais seul à l'entendre. Au fond de leurs sinistres orbites, les yeux fanatiques du dominicain semblaient autant de condamnations au bûcher. Je tremblais comme si j'avais la fièvre quarte.

– Treize, balbutiai-je.

Il y eut un silence angoissé, rompu seulement par le bruit de la plume du greffier sur le papier. J'espère que tu l'as bien noté, me dis-je en moi-même. Treize ans et pas un de plus. Le regard du vieux dominicain s'était allumé encore davantage : j'y vis une lueur nouvelle et inattendue de mépris et de haine.

– Et maintenant, dit-il, nous allons parler du capitaine Alatriste.

VI

LE PASSAGE
DE SAN GINÉS

Le tripot grouillait de gens qui jouaient la prunelle de leurs yeux, quand ce n'était pas leur âme. Dans le brouhaha des conversations et le va-et-vient des joueurs, des curieux et de ceux qui cherchaient à profiter de la bonne fortune des autres, Juan Vicuña, ancien sergent de cavalerie mutilé à Nieuport, traversa la salle en prenant garde à ce que personne ne lui fasse renverser le pichet de vin qu'il tenait à la main. Il regarda autour de lui, satisfait. Sur la demi-douzaine de tables, cartes, dés et argent allaient et venaient, changeaient de mains au milieu des soupirs, des jurons, des pardieu et des regards d'envie. Les pièces d'or et d'argent luisaient à la lumière des grosses chandelles de suif qui pendaient du plafond de brique. Les affaires allaient on ne peut mieux. Le tripot de Vicuña se trouvait dans une cave de San Miguel, tout près de la Plaza Mayor. On s'y adonnait à tout ce qu'autorisaient les ordonnances du roi et même, sans grande dissimulation, à ce qui l'était moins. Les seules limites étaient celles de l'imagination des joueurs, passablement fertile à l'époque. On y jouait au jeu de l'hombre, à la vade et au piquet – des jeux qui demandaient du sang-froid – autant qu'au sept et aux autres jeux dits d'estocade, à cause de la vitesse à laquelle ils vous laissaient bouche bée, les goussets vides. Le grand Lope de Vega en avait parlé en ces termes :

> *Tout comme tirer l'épée*
> *à la moindre occasion,*
> *oui, jouer est raison*
> *avec qui a deniers.*

A peine quelques mois plus tôt, un décret royal avait interdit les maisons de jeu. Notre Philippe IV était jeune, bien intentionné, et croyait, avec l'assistance de son pieux confesseur, à des choses comme le dogme de l'Immaculée Conception, la cause catholique en Europe et la régénération morale de ses sujets dans les deux mondes. Il avait même tenté de fermer les maisons de tolérance. Autant de coups d'épée dans l'eau. Car si quelque chose passionnait les Espagnols sous la monarchie autrichienne, à part le théâtre, les courses de taureaux et certaines autres choses dont je vous parlerai plus tard, c'était bien le jeu. Des villages de trois mille âmes usaient cinq cents douzaines de jeux de cartes à l'année et l'on jouait autant dans la rue où les ruffians, les voyous et les escrocs improvisaient des tables de jeu pour dépouiller les imprudents par leurs manigances, que dans les maisons de jeu légales ou clandestines, dans les prisons, les bordels, les tavernes et les corps de garde. Les villes importantes comme Madrid ou Séville abondaient en curieux et oisifs aux poches bien garnies qui étaient prêts à tenter leur chance aux cartes ou aux dés. Tout le monde jouait, le peuple comme la noblesse, les gentilshommes comme les vauriens. Même les femmes, qui n'étaient cependant pas admises dans des maisons comme celle de Juan Vicuña, jouaient elles aussi et maniaient aussi bien que les hommes le trèfle, le pique ou le carreau. Inutile de préciser que, violents et fiers comme nous sommes, les disputes de jeu se terminaient souvent à la pointe d'une épée.

Vicuña arriva à l'autre bout de la salle, non sans avoir surveillé du coin de l'œil quelques docteurs de la fripouille, comme il appelait les tricheurs qui plumaient l'oie sans la faire crier en marquant les cartes ou en les gardant dans leur manche. Il s'arrêta pour saluer fort courtoisement Don Raúl de la Poza, un hidalgo de Cuenca très riche mais tête folle, enclin à faire les quatre cents coups et qui était l'un de ses meilleurs clients. L'homme avait ses habitudes. Il sortait comme chaque soir du bordel de la rue Francos qu'il fréquentait assidûment, et ne laisserait le tripot qu'à l'aube, pour entendre la messe de sept heures à San Ginés. Sur sa table roulaient les pièces d'un écu et il avait toujours autour de lui une petite cour de joueurs et de profiteurs qui mouchaient les chandelles, servaient le vin et même lui apportaient le pot de chambre quand il était trop échauffé et ne voulait pas perdre la main. Tout cela en échange d'une gratification : les un ou deux réaux de pourboire qu'il donnait chaque fois qu'il gagnait. Cette nuit-là, il était accompagné du marquis d'Abades et d'autres amis, ce qui rassura Vicuña, car il ne passait guère de jours que trois ou quatre truands n'attendent Don Raúl à la porte pour le délester de ses gains.

Diego Alatriste remercia pour le vin de Toro et but le pichet d'un trait. Il était en chemise, mal rasé, assis sur une paillasse dans une chambre discrète où Vicuña venait parfois se reposer. Une jalousie permettait de voir dans la salle sans être vu. Le capitaine était sur le qui-vive : bottes aux pieds, l'épée sur un tabouret, un pistolet chargé sur le couvre-lit, la biscayenne sous l'oreiller. De temps en temps il jetait un coup d'œil dans la salle. Il y avait une porte au fond de la chambre, presque secrète, qui donnait par un passage sous une arche de la Plaza Mayor. Vicuña vit que le capitaine s'était préparé à battre rapidement en retraite par cette porte, au cas où les choses se gâteraient. Depuis quarante-huit heures, Diego Alatriste n'avait fait qu'un petit somme. Et dans l'après-midi, quand Vicuña était entré silencieusement dans la pièce pour voir si son ami avait besoin de quelque chose, il s'était retrouvé face à face avec le canon menaçant du pistolet entre les deux yeux.

Alatriste ne semblait nullement impatient. Il tendit le pichet vide à Vicuña qu'il fixa de ses yeux clairs dont les pupilles étaient très dilatées à la faible lumière de la petite lampe à huile posée sur la table.

– Il t'attend dans une demi-heure, dit l'ancien sergent. Dans le passage de San Ginés.

– Comment va-t-il ?

– Bien. Il est depuis hier chez un ami, le duc de Medina-celi, et personne n'est venu l'inquiéter. Il n'est pas poursuivi par la justice, ni par l'Inquisition. L'aventure est restée secrète.

Le capitaine acquiesça lentement. Il réfléchissait. Loin d'être étrange, ce secret était logique. L'Inquisition ne faisait jamais sonner les cloches avant d'avoir noué tous les fils de ses pièges. Et la chose n'était encore qu'à moitié faite. Mais cette absence de nouvelles pouvait aussi faire partie du traquenard.

— Que dit-on sur le parvis de San Felipe ?

— Des rumeurs – Vicuña haussa les épaules. Une échauffourée à la Porte de l'Incarnation. Un mort… On dit qu'il s'agirait d'histoires galantes avec des religieuses.

— Ils sont allés chez moi ?

— Non. Mais Martín Saldaña flaire quelque chose, car il est venu faire un tour à la taverne. Selon la Lebrijana, il n'a rien dit mais il a laissé sous-entendre beaucoup de choses. Il a fait comprendre que les argousins du corrégidor n'étaient pas de la partie, mais que l'endroit était surveillé. Il n'a pas dit par qui, mais il a insinué qu'il s'agissait de familiers du Saint-Office. Le message est simple : il ne trempe pas dans cette affaire, mais tu dois faire attention à ta peau. Apparemment, la chose est délicate, ils sont très prudents et ils n'en parlent à personne.

— Et Iñigo ?

Il le regardait, impassible, sans aucune expression. Le vétéran de Nieuport s'arrêta, embarrassé. De son unique main, il se mit à faire tourner le pichet de vin.

— Rien, répondit-il enfin à voix basse. Il a disparu comme si la terre l'avait englouti.

Alatriste demeura un moment silencieux. Puis il regarda le plancher entre ses bottes et se leva.

— As-tu parlé au père Pérez ?

— Il fait son possible, mais c'est difficile – Vicuña regarda le capitaine enfiler son gilet de peau de buffle. Tu sais bien que les jésuites et le Saint-Office n'ont pas l'habitude de se faire des confidences, et si le petit est entre les mains des inquisiteurs, nous ne le saurons peut-être pas tout de suite. Je te tiendrai au courant si j'apprends quelque chose. Il te propose aussi de te réfugier dans l'église de la Compagnie de Jésus, si tu le désires... Il dit que les dominicains ne pourront jamais t'en faire sortir, même s'ils juraient que tu as tué le nonce – il regarda à travers la jalousie dans la salle de jeu, puis se retourna vers le capitaine. A propos, Diego, quoi qu'il arrive, j'espère bien que tu n'as quand même pas tué le nonce.

Alatriste prit son épée et la fit glisser dans son fourreau qu'il accrocha à sa ceinture. Puis il mit son pistolet sous son ceinturon après en avoir soulevé le chien pour s'assurer qu'il était toujours bien amorcé.

– Je te raconterai tout un autre jour, dit-il.

Il s'apprêtait à s'en aller comme il était venu, sans un mot d'explication ou de remerciement. Dans le monde que se partageaient le capitaine et l'ancien sergent de cavalerie, ces détails allaient de soi. Vicuña éclata d'un rire rude de soldat :

– Pardieu, Diego. Je suis ton ami, mais je ne suis pas curieux. Et je n'ai aucune envie de me balancer au bout d'une corde... Alors, s'il te plaît, je ne veux rien savoir, ni aujourd'hui ni demain.

La nuit était avancée lorsqu'il sortit drapé dans sa cape et coiffé de son chapeau sous les sombres arcades de la Plaza Mayor. Puis il se dirigea vers la rue Nueva. Personne parmi les rares passants ne fit attention à lui, sauf une fille de joie qui lui proposa entre deux arches, sans grande conviction, de le soulager de quelques pièces de monnaie. Il franchit la Porte de Guadalajara où deux gardiens dormaient devant les volets fermés des boutiques des bijoutiers. Ensuite, pour éviter les argousins qui traînaient souvent dans les parages, il descendit la rue de las Hileras jusqu'à l'Arsenal, puis remonta vers le passage de San Ginés où à cette heure venaient prendre le frais ceux qui s'étaient réfugiés dans des églises.

Comme vous le savez, à cette époque les églises étaient des lieux de refuge où ne pouvait pénétrer la justice ordinaire. Quiconque volait, blessait ou tuait, bref, quiconque avait quelque chose à se reprocher pouvait se réfugier dans une église ou un couvent. Jaloux de ses privilèges, le clergé les défendait bec et ongles contre l'autorité royale. La chose était si courante que certaines églises célèbres regorgeaient de clients qui jouissaient de l'impunité dans leur refuge. On trouvait de tout dans cette clientèle et la corde aurait manqué pour honorer tant de gentils gosiers. En raison de sa profession, Diego Alatriste avait dû lui-même s'y réfugier plusieurs fois. Et Don Francisco de Quevedo aussi, du temps de sa jeunesse. Mais le poète avait vu bien pire, comme lorsque le duc d'Osuna avait tenté son coup de main à Venise et que Don Francisco avait dû prendre la fuite déguisé en mendiant. Toujours est-il que des endroits comme la cour des orangers de la cathédrale de Séville, par exemple, ou une bonne douzaine d'églises de Madrid, dont San Ginés, jouissaient du douteux privilège d'accueillir la fine fleur des fiers-à-bras, des malandrins, des aigrefins et des filous de tout acabit. L'illustre confrérie, qui devait naturellement manger, boire, faire ses besoins et s'occuper de ses affaires, profitait de la nuit pour faire un petit tour dehors, préparer de mauvais coups, régler ses comptes ou allez donc savoir quoi. Chacun y recevait aussi ses amis et complices, de sorte que les alentours de ces églises et même leurs dépendances se transformaient la nuit en tavernes de brigands et en bordels où chacun racontait ses prouesses, réelles ou imaginées, où les sentences de mort se négociaient à tant le coup de couteau, où battait, pittoresque et féroce, le pouls de cette Espagne vile, dangereuse et effrontée, l'Espagne des vauriens, des coupeurs de bourses et de ces autres chevaliers d'industrie dont les portraits n'ont jamais décoré les murs des palais, mais dont le souvenir est resté dans des pages immortelles. Quelques-unes – et non des pires – de la main de Don Francisco :

> *Grullo souffrit tourment*
> *et fut à la question,*
> *comme à noce il dit non*
> *et non au châtiment.*

Ou ces autres lignes célèbres :

> *En maison de marauds,*
> *envoyé au gibet,*
> *pour saigneur de l'épée*
> *on me mit au cachot.*

Le passage de San Ginés était un de leurs lieux favoris. Ils s'y rendaient la nuit pour y prendre l'air, converser avec leurs amis et connaissances, manger un morceau debout dans une gargote improvisée, jusqu'à ce que la très digne racaille se dissolve comme par enchantement quand les argousins pointaient le nez. Lorsque Diego Alatriste arriva dans l'étroite ruelle, il s'y trouvait une trentaine d'âmes : bravaches, tire-laine, quelques putains qui faisaient leurs comptes avec leurs maquereaux et des groupes de matamores et de vauriens qui s'envoyaient des outres et des dames-jeannes de méchant vin. Il n'y avait presque pas de lumière, à l'exception d'une minuscule lanterne accrochée au coin du passage, sous l'arche. Presque tout était plongé dans le noir et une bonne moitié des gens qui se trouvaient là se cachaient le bas du visage avec leur cape. Malgré son animation, le passage était vraiment sinistre et ne semblait guère convenir au rendez-vous auquel venait le capitaine. C'était le genre d'endroit où, à moins d'être plusieurs et bien armés, curieux et argousins risquaient fort de se faire entailler la gorge en moins de temps qu'il ne faut pour dire *amen*.

Le capitaine reconnut Don Francisco de Quevedo malgré sa cape. Le poète se tenait près de la petite lanterne. Alatriste s'approcha de lui en se dissimulant, puis ils s'éloignèrent, cape remontée sur le visage, chapeau enfoncé jusqu'aux sourcils, ce qui ne les distinguait guère de la moitié de la clientèle du passage.

– Mes amis se sont renseignés, dit le poète après qu'ils se furent salués. Apparemment, Don Vicente et ses fils étaient surveillés par l'Inquisition. Et j'ai bien l'impression que quelqu'un a profité de cette aventure pour faire d'une pierre deux coups. Je pense à vous, capitaine.

A voix basse et en se cachant de ceux qui passaient devant eux, Don Francisco mit Alatriste au courant de ce qu'il avait réussi à apprendre. Le Saint-Office, rusé et patient, parfaitement au fait par ses espions des projets de la famille de la Cruz, avait laissé faire, espérant surprendre les complices en flagrant délit. Son intention n'était pas de défendre le père Coroado, mais bien tout le contraire : le père Coroado comptait sur la protection du comte d'Olivares à qui l'Inquisition faisait une guerre sourde ; elle espérait que le scandale jetterait le discrédit autant sur le couvent que sur son protecteur. Elle en profiterait pour mettre la main sur une famille de convertis qu'elle accuserait d'être judaïsants. Et un bûcher de plus n'était pas une mauvaise chose pour le Conseil suprême de l'Inquisition. Le problème est qu'ils n'avaient pris presque personne vivant : Don Vicente de la Cruz et son fils cadet, Don Luis, avaient vendu cher leur peau dans l'embuscade. Le fils aîné, Don Jerónimo, grièvement blessé, avait quand même réussi à s'échapper et se cachait quelque part.

– Et nous ? demanda Alatriste.

Les besicles du poète jetèrent un éclair quand il secoua la tête.

– On ne nomme personne. Il faisait trop noir pour qu'on nous reconnaisse. Et ceux qui s'étaient suffisamment rapprochés ne sont plus là pour le dire.

– Mais ils savent que nous sommes mêlés à cette affaire.

– C'est possible – Don Francisco fit un geste vague. Mais ils n'ont pas de preuves formelles. Pour ma part, je recommence à bénéficier de la faveur du conseiller et du roi. A moins de me surprendre la main dans le sac, il sera difficile de m'accuser de quoi que ce soit – il s'arrêta, l'air soucieux. Quant à vous, je ne sais trop que penser. Ils essaient peut-être de trouver quelque chose pour vous inculper. Ou peut-être vous cherchent-ils discrètement.

Deux malandrins et une putain passèrent à côté d'eux en se disputant. Don Francisco et le capitaine se rapprochèrent du mur pour leur céder la place.

– Et Elvira de la Cruz ?

Le poète poussa un soupir de découragement.

– Elle est détenue. La pauvre va avoir droit au pire. On l'a jetée dans les prisons secrètes de Tolède et je crois sentir déjà l'odeur des fagots.

– Et Iñigo ?

La pause fut longue. Alatriste avait posé sa question sur un ton froid et neutre. Il m'avait gardé pour la fin. Don Francisco regardait autour de lui les gens qui se promenaient dans l'ombre du passage, parlant de choses et d'autres. Puis il se retourna vers son ami.

– Il est lui aussi à Tolède – il se tut et fit un geste d'impuissance. Ils l'ont attrapé près du couvent.

Alatriste garda le silence. Il resta longtemps ainsi, regardant les gens qui flânaient dans le passage. Quelques notes de guitare se firent entendre au coin de la ruelle.

– Ce n'est qu'un enfant, dit-il enfin. Il faut le sortir de là.

– Impossible. Et vous feriez mieux de garder vos distances... Je suppose qu'ils comptent s'appuyer sur son témoignage pour vous inculper.

– Ils n'oseront pas le maltraiter.

Don Francisco rit doucement, un rire amer et las.

– Capitaine, l'Inquisition ose tout.

– Alors, il faut faire quelque chose.

Il prononça ces mots d'une voix glacée, obstinée, les yeux tournés vers la sortie du passage. Don Francisco regardait dans la même direction.

– Sans doute, répliqua le poète. Mais je ne sais pas quoi.

– Vous avez des amis à la cour.

– Je les ai tous mobilisés. Je n'oublie pas que c'est à cause de moi si nous en sommes là.

Le capitaine ébaucha un geste de la main, comme pour exonérer Don Francisco de toute faute. Il attendait de son ami qu'il fasse tout ce qui était en son pouvoir, mais il ne lui reprochait rien. Alatriste s'était fait payer pour son travail. Et surtout, c'était à lui de s'occuper de moi. Le capitaine resta si longtemps silencieux que le poète le regarda avec inquiétude.

– Ne vous avisez pas de vous livrer, murmura-t-il. Vous vous feriez du tort et vous ne rendriez service à personne.

Alatriste demeurait muet. Près d'eux, quelques braves à trois poils se mirent à parler haut et fort en se donnant du « monsieur » et des « foi d'hidalgo », ce qu'ils n'étaient certainement pas, comme en témoignaient les noms sous lesquels ils s'interpellaient. Deux d'entre eux se faisaient appeler Main-de-fer et Cou-de-taureau. Au bout d'un moment, le capitaine se remit à parler.

– Vous disiez tout à l'heure, dit-il à voix basse, que l'Inquisition cherchait à faire d'une pierre deux coups... Que vouliez-vous dire ?

– Je parlais de vous, répondit Don Francisco sur le même ton. Vous étiez leur quatrième victime, mais ils n'ont réussi qu'à moitié... A ce qu'il paraît, tout le plan avait été manigancé par deux personnes que vous connaissez bien : Luis d'Alquézar et le père Emilio Bocanegra.

– Pardieu !

Le poète s'arrêta, croyant que le capitaine allait ajouter quelque chose à son juron, mais il resta silencieux. Il était toujours tourné vers le fond de la ruelle, immobile dans sa cape. Le bord de son chapeau dissimulait son visage dans la noirceur.

– Apparemment, continua Don Francisco, ils ne vous pardonnent pas l'affaire du prince de Galles et de Buckingham... L'occasion est trop belle : le père Coroado, le couvent du conseiller, la famille de convertis et vous par-dessus le marché feraient de beaux fagots pour un autodafé.

Un ruffian qui passait par là en se rinçant le gosier heurta Don Francisco. Le poète s'interrompit et le coquin, fort mal embouché, se retourna dans un grand tintamarre d'acier.

– Ma foi, vous me gênez, compagnon !

Le poète le regarda nonchalamment et recula un peu, récitant entre ses dents, moqueur :

> *Vous, Bernard chez les Francs,*
> *en Espagne Roland,*
> *votre épée est un dard*
> *et balafre le lard.*

Le fier-à-bras l'entendit. Prenant la mouche, il fit le geste de porter la main à son épée avec beaucoup d'ostentation.

– Par le corps du Christ, dit-il, ni Bernard ni Roland. Je m'appelle Antón Novillo de la Gamella et celui qui me cherche, je lui retaille les oreilles pour lui en faire passer l'envie.

Il avait prononcé ces mots d'un air menaçant, la main sur le pommeau de son épée, mais sans se décider à dégainer, ne sachant à qui il avait à faire. Ses camarades se rapprochèrent, eux aussi avec l'envie d'en découdre, et s'arrêtèrent jambes écartées, dans un grand fracas de lames entrechoquées et avec force retroussements de moustaches. Ils étaient de ceux qui se veulent si braves qu'ils confessent des crimes jamais commis pour se vanter. A eux tous, ils auraient eu raison en un clin d'œil d'un manchot, mais Don Francisco ne l'était nullement. Alatriste vit que le poète dégageait par-derrière sa dague et son épée et que, sans ôter complètement sa cape, il s'en servait maintenant pour se protéger le ventre.

Il s'apprêtait à faire de même, car l'endroit était tout trouvé pour jouer les tire-laine, quand un des camarades du matamore – un grand diable coiffé d'un bonnet qui portait en travers de la poitrine un baudrier large d'une paume auquel pendait une énorme flamberge – dit à la cantonade :

– Camarades, nous allons hacher menu ces messieurs et en faire de la chair à saucisse. Je la leur ferai danser, moi, la danse macabée.

Il avait sur le visage plus de points et de marques qu'un livre de musique, sans parler de son accent et de ses manières qui annonçaient un ruffian des bas quartiers de Cordoue – ruffian cordouan et femelle valencienne, disait le refrain. Lui aussi fit mine de vouloir dégainer, mais sans s'y résoudre, attendant qu'un autre comparse vienne les rejoindre. A quatre contre deux, la partie ne lui paraissait pas égale.

C'est alors que Diego Alatriste partit d'un grand éclat de rire, à la surprise de tous.

– Allons, Chie-le-feu, dit-il avec une nonchalance amusée, aie pitié de ce monsieur et de moi. Ne nous tue pas d'un seul coup, mais petit à petit, en souvenir du bon vieux temps.

Stupéfait, le ruffian le regarda, plutôt penaud, cherchant à le reconnaître sous sa cape et dans l'obscurité. Finalement, il se gratta sous son bonnet enfoncé sur ses sourcils broussailleux.

– Par la Vierge, dit-il enfin, si ce n'est pas le capitaine Alatriste.

– En personne. Et la dernière fois que nous nous sommes vus, c'était en prison.

Ce qui était fort vrai de la dernière. Quant à la première, le capitaine, jeté au cachot pour quelques dettes, n'avait pas trouvé mieux à faire, sitôt la porte de la geôle refermée derrière lui, que de porter un couteau de boucher à la gorge de ce Chie-le-feu, Bartolo de son vrai nom, qui passait pour le plus batailleur de la prison. Le geste avait valu à Diego Alatriste la réputation d'un homme qui n'a pas froid aux yeux, sans parler du respect du Cordouan et des autres prisonniers. Respect qui se transforma en loyauté quand il leur distribua les potages et les bouteilles de vin que lui envoyaient Caridad la Lebrijana et ses amis pour rendre son séjour moins austère. Une fois remis en liberté, le capitaine avait continué à lui faire parvenir quelques douceurs de temps en temps.

– Vous alliez tout droit taquiner la sardine sur les galères du roi, monsieur Chie-le-feu, si je me souviens bien.

Les compagnons du brave, dont celui qui se faisait appeler Antón Novillo de la Gamella, avaient changé d'attitude. Ils suivaient maintenant le déroulement de l'affaire avec une curiosité toute professionnelle et une certaine considération, comme si la déférence que leur compagnon montrait à l'égard de cet homme drapé dans sa cape était un meilleur aval qu'une bulle du pape. De son côté, Chie-le-feu semblait heureux qu'Alatriste soit au courant de son *curriculum laudis*.

– Pour sûr, monsieur le capitaine – répondit-il, et son ton de voix avait beaucoup changé depuis qu'il avait parlé de faire de la chair à saucisse. J'aurais été jouer des castagnettes avec les fers aux mains et aux pieds sur une galère du roi, si ma sainte femme, Blasa Pizorra, n'avait pas fait des caresses à un greffier. A eux deux, ils ont réussi à adoucir le juge.

– Et que faites-vous ici ? Vous vous êtes réfugié dans une église ou vous n'êtes qu'en visite ?

– Pardieu, si seulement j'étais en visite, se lamenta le fier-à-bras, résigné. Il y a trois jours que moi et mes camarades ici présents, on a troué la peau d'un argousin. On attend que les choses se tassent ou que ma douce moitié mette de côté quelques ducats. Vous savez bien qu'il n'y a pas d'autre justice que celle qui s'achète.

– Je suis content de vous voir.

Dans la pénombre, Bartolo Chie-le-feu ouvrit sa bouche caverneuse et ébaucha ce qui pouvait passer pour un sourire amical.

– Moi aussi, et de vous voir en bonne santé. Morbleu, me voilà à votre disposition ici, à San Ginés, avec ma main et ma rapière pour vous servir – il toucha son épée qui s'entre-choqua à grand bruit avec sa dague et ses poignards –, pour servir Dieu et les camarades, au cas où vous auriez quelqu'un à trucider entre chien et loup – il regarda Quevedo d'un air conciliant, puis se retourna vers le capitaine en portant deux doigts à son bonnet. Et pardonnez l'erreur.

Deux putains passèrent en courant, les jupes retrous-sées. La guitare s'était tue au coin de la ruelle et un mouve-ment d'inquiétude agita la racaille du passage. Tous se retournèrent pour regarder.

– Le guet!... Le guet!... s'écria quelqu'un.

Alguazils et argousins arrivaient à grand bruit au coin de la ruelle. On criait : « Place à la justice ! Rendez-vous ! Ren-dez-vous à la justice du roi ! » La petite lanterne s'éteignit d'un coup pendant que les paroissiens se dispersaient avec la vitesse de l'éclair pour se réfugier dans l'église ou filer vers la Calle Mayor. En moins de temps qu'il n'en faut pour tuer un homme, il ne resta plus une âme dans le passage.

De retour vers la cave de San Miguel, Diego Alatriste fit un long détour pour éviter la Plaza Mayor, puis il s'arrêta devant la Taverne du Turc. De l'autre côté de la rue, protégé par l'obscurité, il observa un moment les volets fermés et la fenêtre éclairée à l'étage, là où vivait Caridad la Lebrijana. Elle était réveillée, ou elle avait laissé une lumière à son intention. Je suis ici et je t'attends, semblait dire le message. Mais le capitaine ne traversa pas la rue. Il se contenta de rester là, parfaitement immobile, engoncé dans sa cape, le chapeau enfoncé sur les yeux, caché dans l'ombre d'un porche. La rue de Tolède et celle de l'Arquebuse semblaient désertes, mais il était impossible de savoir si quelqu'un n'espionnait pas dans l'obscurité d'une entrée. Le capitaine ne pouvait voir que la rue vide et cette fenêtre éclairée où il crut apercevoir une ombre. Peut-être la Lebrijana était-elle éveillée. Peut-être l'attendait-elle. Il se l'imagina dans sa chambre, le cordon de sa chemise de nuit flottant sur ses épaules brunes et nues, et il eut la nostalgie de l'odeur tiède de ce corps qui, malgré les nombreuses guerres qu'il avait livrées à une autre époque, des guerres mercenaires à tant la nuit, les baisers et les mains étrangères, continuait d'être beau, dense et chaud, confortable comme le sommeil, ou comme l'oubli.

Il lutta contre l'envie de traverser la rue et de se réfugier près de ce corps accueillant qui jamais ne se refusait. Mais son instinct de conservation fut le plus fort. Il effleura de la main la biscayenne qui faisait contrepoids au pistolet caché sous sa cape. Puis il se remit à scruter les ténèbres, méfiant, à l'affût d'une ombre ennemie. Pendant un long moment, il désira la rencontrer. Depuis qu'il me savait entre les mains de l'Inquisition et qu'il connaissait les noms de ceux qui avaient tiré les fils du piège, une colère lucide et froide, proche du désespoir, s'était emparée de lui. Il fallait qu'elle explose, d'une façon ou d'une autre. Le sort de Don Vicente de la Cruz, de ses fils et de la novice recluse lui importait assez peu. Dans ces jeux périlleux où il jouait souvent sa propre peau, c'était la règle. Comme il n'y a pas de combat sans pertes d'hommes, les caprices de la vie vous réservaient ce genre de choses. Et il les acceptait avec son impassibilité habituelle qui, si elle paraissait par moments frôler l'indifférence, n'était autre chose que la résignation stoïque d'un vieux soldat.

Mais avec moi, c'était différent. J'étais – si vous me permettez d'essayer de l'exprimer – ce qui pour Diego Alatriste y Tenorio, ancien soldat des régiments de Flandre dans cette Espagne périlleuse et batailleuse, pouvait représenter le mot *remords*. Il ne lui était pas aussi facile de m'inscrire froidement sur la liste des pertes quand une affaire tourne mal. Il était responsable de moi, qu'il le veuille ou non. Et de la même façon qu'on ne choisit pas les amis ni les femmes, car ce sont eux qui vous choisissent, la vie, mon père décédé, les hasards du destin m'avaient mis sur son chemin et il n'aurait servi à rien de se boucher les yeux devant un fait dérangeant mais certain : je le rendais plus vulnérable. Dans la vie qui était la sienne, Diego Alatriste était un fils de pute, mais un de ces fils de pute qui jouent selon certaines règles. Son mutisme et sa réserve étaient une façon comme une autre d'être désespéré. C'est pour cette raison qu'il scrutait les coins obscurs de la rue, dans l'espoir d'y trouver un sbire, un espion ou un ennemi quelconque qui lui aurait permis d'apaiser ce malaise qui lui nouait l'estomac et lui faisait serrer les mâchoires jusqu'à en avoir mal. Il aurait voulu trouver quelqu'un, se glisser vers lui dans le noir, silencieusement, le plaquer contre le mur en étouffant ses cris avec sa cape, puis, sans dire un mot, lui enfoncer toute sa dague dans la gorge, jusqu'à ce qu'il ne bouge plus et que le diable emporte son âme. Telle était sa règle.

VII

HOMMES
D'UN SEUL LIVRE

Dieu qui protège bien les fous et les ivrognes, et même les greffiers, ne voulut pas m'abandonner complètement. A vrai dire, on ne me tortura pas beaucoup. Le Saint-Office avait lui aussi ses règles; et malgré son fanatisme et sa cruauté, il en observait scrupuleusement certaines. Je reçus plus d'une gifle et plus d'un coup, c'est vrai. Sans parler des privations et des nombreux moments de chagrin que je dus traverser. Mais une fois qu'ils eurent établi mon âge, mes treize ans me valurent de rester à distance respectueuse de ces sinistres engins de bois, de roues et de cordes que je pouvais voir au bout de la salle à chacun de mes interrogatoires. Et même les rossées que je reçus furent limitées en nombre, en intensité et en durée. D'autres n'eurent pas cette chance. J'ignore si c'est avec le concours du chevalet – on couchait le supplicié dessus, puis on le désarticulait en donnant des tours et des tours de corde – ou sans lui que je continuai à entendre ce cri de femme qui m'avait donné la chair de poule à mon arrivée. Toujours est-il que je l'entendais fréquemment, jusqu'à ce qu'il cesse tout à coup, le jour où je me retrouvai dans la salle d'interrogatoire et que je vis enfin la malheureuse Elvira de la Cruz.

Petite, grassouillette, elle n'avait rien à voir avec le personnage de roman que je m'étais imaginé dans ma caboche. De toute façon, la plus parfaite beauté n'aurait pas résisté à ces cheveux impitoyablement rasés, à ces yeux rougis, cernés par le manque de sommeil et la souffrance, aux marques de cordes sur ses poignets et ses chevilles, sous son habit sale de novice. Elle était assise – j'appris bientôt qu'elle était incapable de se tenir debout sans aide – et elle avait dans ses yeux le regard le plus vide et le plus perdu que j'aie jamais vu : une absence absolue, faite de toute la douleur, de toute la fatigue et de toute l'amertume de celui qui connaît le fond du puits le plus noir qu'on puisse imaginer. Elle devait avoir dix-huit ou dix-neuf ans, mais on aurait dit une petite vieille décrépite. Chaque fois qu'elle bougeait un peu sur sa chaise, ses gestes étaient lents et douloureux, comme si la maladie ou une vieillesse prématurée avait désarticulé chacun de ses os. Ce qui était précisément le cas.

Quant à moi, au risque de paraître fanfaron, je dirai qu'ils ne purent m'arracher une seule des paroles qu'ils désiraient obtenir. Pas même lorsque l'un des bourreaux, le roux, s'occupa de mesurer consciencieusement mes épaules avec un nerf de bœuf. Même couvert de bleus, au point de devoir dormir sur le ventre – si on peut appeler dormir ce demi-sommeil agité, à mi-chemin entre la réalité et les fantasmes –, personne ne put faire sortir de mes lèvres sèches et gercées, couvertes de croûtes de sang qui cette fois était le mien, autre chose que des gémissements de douleur ou des protestations d'innocence. Cette nuit-là, je me promenais par là en rentrant chez moi. Mon maître, le capitaine Alatriste, n'avait rien à voir avec cette affaire. Je n'avais jamais entendu parler de la famille de la Cruz. J'étais un vieux chrétien et mon père était mort pour le roi en Flandre... Et je recommençais : cette nuit-là, je me promenais par là en rentrant chez moi...

Il n'y avait aucune pitié en eux, pas même ces lueurs d'humanité qu'on devine parfois chez les plus méchants. Religieux, juge, greffier et bourreaux se comportaient avec une froideur et un détachement si rigoureux que c'était justement cela qui faisait le plus peur. Plus même que les souffrances qu'ils pouvaient infliger : la détermination glacée de celui qui se sait dans le droit-fil des lois divines et humaines et qui jamais ne met en doute la probité de ses actes. Plus tard, avec le temps, j'ai appris que si tous les hommes sont capables de faire le bien et le mal, les pires sont toujours ceux qui, quand ils font le mal, s'abritent sous l'autorité des autres et prétextent qu'ils ne font qu'exécuter des ordres. Et si ceux qui disent agir au nom d'une autorité, d'une hiérarchie ou d'une patrie sont terribles, bien pires encore sont ceux qui justifient leurs actes en invoquant un dieu. Quand il m'est arrivé d'avoir à traiter avec des gens qui faisaient le mal, ce qu'il n'est pas toujours possible d'éviter, j'ai toujours préféré ceux qui étaient capables de prendre leurs responsabilités. Car dans les prisons secrètes de Tolède, j'ai appris, presque au prix de ma vie, qu'il n'y a rien de plus méprisable et de plus dangereux qu'un méchant qui se couche tous les soirs la conscience tranquille. C'est le pire qu'on puisse imaginer. Surtout quand cette bonne conscience s'allie à l'ignorance, à la superstition, à la stupidité ou au pouvoir, ce qui n'est pas rare. Pire encore quand ils se font les exégètes d'une seule parole, que ce soit le Talmud, la Bible, le Coran ou que sais-je encore. Je n'ai pas coutume de donner des conseils – l'expérience des uns ne sert jamais de leçon aux autres – mais en voici un qui ne vous coûtera guère : méfiez-vous toujours de ceux qui ne lisent qu'un seul livre.

J'ignore quels livres avaient lus ces hommes. Mais pour ce qui est de leur conscience, je suis sûr que rien ne l'asticotait – ce qui ne sera plus jamais le cas s'ils brûlent pour l'éternité en enfer, comme je le souhaite. A ce point de mon calvaire, j'avais découvert qui donnait le ton, ce religieux sombre et décharné au regard fébrile. C'était le père Emilio Bocanegra, président du Conseil des six juges, le plus terrible des tribunaux du Saint-Office. Et selon ce que j'avais entendu de la bouche du capitaine Alatriste et de ses amis, c'était aussi l'un des ennemis les plus acharnés de mon maître. C'était lui qui avait battu la mesure lors des interrogatoires. Les autres religieux et le juge silencieux en robe noire se bornaient à faire office de témoins, pendant que le greffier notait les questions du dominicain et mes réponses laconiques.

Mais cette fois, ce fut différent. Car lorsque je comparus, ce ne fut pas moi qu'on interrogea, mais la pauvre Elvira de la Cruz. Et je devinai que les choses prenaient un tour inquiétant quand je vis le père Emilio me montrer du doigt.

– Connaissez-vous ce garçon ?

Mes craintes se transformèrent en panique – je n'étais pas encore allé aussi loin qu'elle dans l'horreur – quand la novice hocha sa tête rasée, sans même me regarder. Effrayé, je vis que le greffier attendait, la plume en l'air, regardant tour à tour Elvira de la Cruz et l'inquisiteur.

– Répondez à haute voix, lui ordonna le père Emilio.

La malheureuse prononça un « oui » étouffé, à peine audible. Le greffier trempa sa plume dans son encrier, puis se mit à écrire et je sentis plus que jamais que le sol allait s'ouvrir sous mes pieds.

– Savez-vous s'il observe des pratiques judaïsantes ?

Le deuxième « oui » d'Elvira de la Cruz me fit pousser un cri de protestation qui s'étouffa aussitôt lorsque le sbire roux m'administra un formidable soufflet. Depuis quelque temps – peut-être craignaient-ils que l'autre bourreau, le géant, ne m'assomme d'un coup –, il était chargé de tout ce qui concernait ma personne. Sourd à ma protestation, le père Emilio continuait à me montrer du doigt, sans cesser de fixer la jeune novice.

– Vous confirmez devant ce saint tribunal que ledit Iñigo Balboa a exprimé en paroles et en actes des croyances hébraïques et qu'il a participé, avec votre père, vos frères et d'autres complices, à une conspiration pour vous arracher à votre couvent.

Le troisième « oui » fut de trop pour mes forces. Esquivant les mains du sbire roux, je criai que cette malheureuse mentait comme elle parlait et que je n'avais jamais rien eu à voir avec la religion juive. C'est alors qu'à ma grande surprise, au lieu de faire la sourde oreille comme auparavant, le père Emilio se retourna vers moi, un sourire sur les lèvres. Un sourire triomphant de haine, si épouvantable et si méchant qu'il me laissa cloué sur place, muet, immobile, le souffle coupé. Content de lui, le dominicain s'en fut alors jusqu'à la table où se trouvaient les autres. Il y prit la chaîne avec le colifichet qu'Angélica de la Cruz m'avait donnée à la fontaine del Acero, nous la montra, d'abord à moi, puis aux membres du tribunal et enfin à la novice.

– Et vous aviez déjà vu ce sceau magique, né de l'horrible superstition de la Kabbale hébraïque, qui a été saisi sur la personne dudit Iñigo Balboa au moment où il a été arrêté par des familiers du Saint-Office et qui prouve sa participation dans cette conjuration juive ?

Elvira de la Cruz ne m'avait pas regardé une seule fois. Elle ne regarda pas davantage le colifichet d'Angélica que le père Emilio tenait devant ses yeux, se contentant de répondre « oui » comme auparavant, les yeux rivés au sol, tellement abattue et défaite qu'elle ne paraissait même plus connaître la honte. Épuisée, indifférente, on aurait dit qu'elle voulait en finir une fois pour toutes, se jeter dans un coin et trouver le sommeil dont elle semblait avoir été privée la moitié de sa vie.

Quant à moi, j'étais tellement atterré que je ne pus cette fois protester. Le chevalet de torture ne m'inquiétait plus. Mon urgente préoccupation était maintenant de savoir si l'on envoyait au bûcher les moins de quatorze ans.

– C'est confirmé. L'affaire porte la signature d'Alquézar.

Álvaro de la Marca, comte de Guadalmedina, était vêtu d'un bel habit de drap vert brodé d'argent, de bottes de daim et d'une wallonne très travaillée en dentelle de Flandre. Il avait la peau blanche, des mains fines et il était bel homme, le plus beau de la cour, disait-on. Assis à califourchon sur un tabouret dans la misérable chambre du tripot de Juan Vicuña, il ne perdait rien de son allure de gentilhomme. Derrière la jalousie, on apercevait la salle remplie de monde. Le comte avait joué un peu, sans grand succès car il n'avait pas la tête aux cartes, avant de s'esquiver, prétextant un besoin, pour rejoindre le capitaine Alatriste et Don Francisco de Quevedo qui venait d'entrer, le bas de son visage dissimulé sous sa cape, par la porte secrète de la Plaza Mayor.

– Vous aviez raison, poursuivit Guadalmedina. Il s'agissait effectivement de porter un coup à Olivares, sans effusion de sang, en ternissant la réputation du couvent. Et au passage, en profiter pour régler les comptes avec Alatriste… Ils ont inventé une conspiration hébraïque et ils veulent un bûcher.

– Pour le petit aussi ? demanda Don Francisco.

Tout de noir vêtu, à part la croix de l'ordre de Saint-Jacques sur la poitrine, il contrastait avec l'élégance recherchée de l'aristocrate. Il était assis à côté du capitaine, sa cape posée sur le dossier de sa chaise, l'épée au ceinturon et le chapeau sur les genoux. Avant de répondre, Álvaro de la Marca prit un pichet de muscat qui se trouvait sur un tabouret, à côté d'une longue pipe de terre cuite et d'une boîte de tabac haché. Il se servit un verre. Le pichet était déjà bien entamé car Quevedo s'y était attaqué dès qu'il avait franchi la porte, grognon comme toujours, maudissant la nuit, la rue et la soif.

– Oui, confirma l'aristocrate. Avec la novice, c'est tout ce qu'ils ont puisque l'autre survivant de la famille, le fils aîné, s'est envolé – il haussa les épaules et fit une pause, le visage grave. Selon mes renseignements, ils préparent un grand autodafé.

– Vous en êtes sûr ?

– Absolument. Je suis allé jusqu'où on pouvait aller, en payant comptant. L'argent délie les langues, mais avec l'Inquisition, il y a des limites.

Le capitaine ne répondit pas. Il était assis sur le lit, pourpoint ouvert. Il passait lentement une pierre à affûter sur le fil de sa dague. La lumière de la lampe à huile laissait ses yeux dans l'ombre.

– Je m'étonne qu'Alquézar vise si haut, dit Don Francisco qui nettoyait ses besicles sur sa journade. Même par personne interposée, je vois mal un secrétaire du roi s'attaquer au favori.

Guadalmedina but quelques gorgées de muscat et fit claquer sa langue, les sourcils froncés. Puis il essuya sa moustache frisée avec un mouchoir parfumé qu'il sortit de sa manche.

– Ne vous étonnez pas. Ces derniers mois, Alquézar a pris beaucoup d'influence auprès du roi. Il est la créature du Conseil d'Aragon aux membres duquel il rend d'importants services et il a acheté récemment plusieurs conseillers de Castille. De plus, grâce au père Emilio Bocanegra, il a ses appuis parmi les durs du Saint-Office. Il continue à se montrer soumis avec Olivares, mais il est clair qu'il joue son propre jeu... Il devient plus fort et il augmente sa fortune de jour en jour.

– D'où sort-il son argent ? demanda le poète.

Álvaro de la Marca haussa encore une fois les épaules. Il avait rempli de tabac la pipe de terre cuite et il l'allumait à la flamme de la lampe. Juan Vicuña aimait pétuner quand il était avec Diego Alatriste. Mais le capitaine n'appréciait guère ces feuilles aromatiques ramenées par les galions des Indes dont l'apothicaire Fadrique vantait chaleureusement les vertus curatives. De son côté, Quevedo préférait priser.

– Personne ne le sait, dit le comte en rejetant la fumée par le nez. Alquézar travaille peut-être pour d'autres. Ce qui est sûr, c'est qu'il a la bourse large et qu'il corrompt tout ce qu'il touche. Jusqu'au favori qui aurait parfaitement pu le renvoyer à Huesca et qui le traite maintenant avec beaucoup d'égards. On dit qu'il aspire à la charge de protonotaire d'Aragon, et même à celle de secrétaire du cabinet privé... S'il y parvient, il sera intouchable.

Diego Alatriste semblait plongé dans ses réflexions. Il posa sur sa paillasse sa pierre à affûter et passa un doigt sur le fil de sa dague. Puis, très lentement, il fit glisser la biscayenne dans son fourreau. Ce n'est qu'alors qu'il leva les yeux vers Guadalmedina.

– Il n'y a donc aucun moyen d'aider Iñigo?

Derrière la fumée de la pipe, le comte fit une grimace de pitié.

– J'ai peur que non. Tu sais comme moi que celui qui tombe entre les mains de l'Inquisition se trouve pris dans une machine aussi implacable qu'efficace... – il fronça les sourcils en se caressant le menton d'un air pensif. Ce qui me surprend, c'est qu'ils ne t'aient pas pris.

– Je me cache.

– Je parle d'autre chose. Ils disposent de moyens pour savoir tout ce qu'ils veulent savoir. Mais ils n'ont même pas fouillé ta maison... Ils n'ont donc pas encore de preuves contre toi.

– Ils se moquent bien des preuves, dit Don Francisco en s'emparant du pichet de muscat. On les fabrique ou on les achète – et il se mit à réciter entre deux gorgées de vin :

> *Car l'honneur ils s'assoient dessus,*
> *et tout privilège est déchu...*

Guadalmedina allait porter la pipe à sa bouche. Il arrêta son geste.

– Non. Pardonnez-moi, señor Quevedo. Le Saint-Office

est très pointilleux sur certaines choses. S'il n'y a pas de preuves, Bocanegra aura beau jurer que le capitaine est plongé jusqu'au cou dans cette affaire, le Conseil suprême n'approuvera jamais qu'on s'en prenne à lui. S'ils ne font rien d'officiel, c'est que le petit n'a pas parlé.

– Ils finissent tous par parler – le poète but une longue gorgée, puis une autre. Et c'est presque un enfant.

– Eh bien, je crois que celui-là ne l'a pas fait, même si c'est un enfant. C'est ce que m'ont donné à entendre les personnes avec lesquelles je me suis entretenu toute la journée. A dire vrai, Alatriste, avec tout l'or que j'ai gaspillé aujourd'hui à ton service, nous pourrions être quittes pour l'affaire des Querquenes... si certaines choses pouvaient se payer avec de l'or.

Álvaro Luis Gonzaga de la Marca y Álvarez de Sidonia, comte de Guadalmedina, grand d'Espagne, confident de Sa Majesté, admiré par les dames de la cour et envié par plus d'un gentilhomme du meilleur sang, adressa à Diego Alatriste un regard complice, un regard d'amitié sincère que personne n'aurait cru possible entre un homme de sa qualité et un obscur soldat qui, loin de la Flandre et de Naples, gagnait sa vie comme spadassin.

– Votre Grâce a-t-elle ce que je lui ai demandé? fit Alatriste.

Le sourire du comte s'élargit.

– Je l'ai – il posa la pipe pour sortir de son pourpoint un petit paquet qu'il remit au capitaine. Voici.

Une personne moins intime que Don Francisco de Quevedo se serait surprise de la familiarité de l'aristocrate et de l'ancien soldat. Il était notoire que Guadalmedina avait eu recours plus d'une fois à l'acier de Diego Alatriste pour régler

des affaires qui nécessitaient une bonne main et peu de scrupules, comme la mort du petit marquis de Soto. Mais cela ne
signifiait pas pour autant que celui qui payait contractait une
obligation quelconque envers l'autre. Et encore moins qu'un
grand d'Espagne jouissant d'une position à la cour joue
les informateurs dans une affaire de l'Inquisition, pour le
compte d'un homme dont on pouvait acheter l'épée en
secouant simplement une bourse bien pleine. Mais, comme
le savait parfaitement Don Francisco de Quevedo, il y avait
entre Diego Alatriste et Álvaro de la Marca quelque chose de
plus que de sombres histoires résolues ensemble. Près de
dix ans plus tôt, alors que Guadalmedina était un jeune
homme sans expérience qui accompagnait les galères des
vice-rois de Naples et de Sicile lors de la désastreuse journée
des Querquenes, il s'était trouvé en fâcheuse posture quand
les Maures étaient tombés sur les troupes du roi catholique
alors qu'elles traversaient à gué le lac. Le duc de Nocera avec
qui était Don Álvaro avait reçu cinq terribles blessures, et
de toutes parts accouraient des Arabes armés de cimeterres,
de piques et d'arquebuses, décimant les rangs des Espagnols
qui finirent par se battre non plus pour le roi mais pour
sauver leur peau, tuant pour ne pas mourir, dans une épouvantable retraite, de l'eau jusqu'à mi-corps. Comme le racontait Guadalmedina, tout était perdu. Un Maure se jeta sur
lui et il perdit son épée en l'enfonçant dans son corps.
Un autre Maure lui donna deux coups de cimeterre au
moment où il se décidait à chercher sa dague dans l'eau. Il
se voyait déjà mort, ou esclave – et plus la première chose
que la seconde – quand un petit groupe de soldats qui résis-
taient encore et se donnaient du courage en criant «Espagne,
Espagne» entendit ses appels au secours malgré la fusillade.

Deux ou trois vinrent le secourir en pataugeant dans la boue, bataillant ferme avec les Arabes qui les entouraient. Un de ces soldats arborait une énorme moustache et avait les yeux clairs. Après avoir ouvert la tête d'un Maure avec sa pique, il prit le jeune Guadalmedina à bras-le-corps et le traîna sur la vase rougie par le sang jusqu'aux canots et aux galères qui attendaient devant la plage. Arrivé là, il dut encore se battre, tandis que Guadalmedina perdait son sang sur le sable, entre les tirs d'arquebuse, les flèches et les coups de cimeterre. Finalement, le soldat aux yeux clairs put enfin se jeter à l'eau avec lui et, le prenant sur ses épaules, le porter jusqu'au canot de la dernière galère, tandis que derrière eux montaient les cris des malheureux qui n'avaient pas réussi à s'échapper, massacrés ou réduits à l'esclavage sur cette plage fatidique.

Ces mêmes yeux clairs étaient maintenant devant lui, dans le tripot de Juan Vicuña. Et – comme c'est rarement le cas, sauf chez les cœurs généreux – Álvaro de la Marca n'avait pas oublié sa dette avec le passage des années. Encore moins quand il sut que le soldat qui lui avait sauvé la vie aux Querquenes, celui que ses camarades appelaient respectueusement capitaine, sans qu'il le soit, s'était aussi battu en Flandre sous les drapeaux de son père, le vieux comte Don Fernando de la Marca. Une dette que, de son côté, Diego Alatriste ne faisait jamais valoir sauf dans des circonstances extrêmes, naguère lors de l'aventure des deux Anglais et aujourd'hui qu'il y allait de ma vie.

– Revenons à notre Iñigo, continua Guadalmedina. S'il ne témoigne pas contre toi, Alatriste, tout s'arrête là. Mais il est en prison et apparemment ils portent contre lui des accusations graves.

– Que peut lui faire l'Inquisition ?

– Ce qu'elle veut. La jeune fille, ils vont la brûler, aussi sûr que Christ est Dieu. Quant à lui, tout est possible. Il peut s'en tirer avec quelques années de prison, deux cents coups de fouet ou la caroche. Mais il est sûr qu'il risque le bûcher.

– Et Olivares ? demanda Don Francisco.

Guadalmedina fit un geste vague. Il avait repris la pipe de terre et tirait dessus, les yeux mi-clos derrière la fumée.

– Il a reçu le message et il s'occupera de l'affaire. Mais nous ne devons pas trop attendre de lui... S'il a quelque chose à dire, il nous le fera savoir.

– Pardieu, c'est bien peu, fit Don Francisco, mécontent.

Guadalmedina regarda le poète en fronçant un peu les sourcils.

– Le favori de Sa Majesté est un homme occupé.

Il avait parlé sur un ton plutôt sec. Álvaro de la Marca admirait le talent de Don Francisco et il l'estimait en tant qu'intime du capitaine et de plusieurs amis communs – ils s'étaient trouvés ensemble à Naples, avec le duc d'Osuna. Mais l'aristocrate était également poète à ses heures et malheureusement Don Francisco n'appréciait pas ses vers. Pire, pour flatter le poète, il lui avait dédié une octave qui était l'une des meilleures de sa plume ; elle commençait ainsi :

Au bon saint Roch en patient claudicant...

Le capitaine ne leur prêtait pas attention, occupé qu'il était à défaire le paquet apporté par le comte. Álvaro de la Marca tirait toujours sur sa pipe sans le quitter des yeux.

– Fais bien attention, Alatriste, dit-il finalement.

Le capitaine ne répondit pas. Il regardait attentivement les objets apportés par Guadalmedina. Sur le drap froissé qui recouvrait la paillasse, il y avait un plan et deux clés.

Le Prado grouillait de monde. C'était la promenade de l'après-midi et les voitures qui venaient de la Porte de Guadalajara et de la Calle Mayor s'attardaient entre les fontaines et sous les arbres, tandis que le soleil couchant rasait déjà les toits de Madrid. Entre le coin de la rue d'Alcalá et le carrefour de la chaussée de San Jerónimo, ce n'était qu'un va-et-vient de voitures couvertes et découvertes, de cavaliers aux côtés de dames, de coiffes blanches de duègnes, de tabliers de servantes, d'écuyers, de marchands d'eau du Caño Dorado et d'hydromel épicé, de femmes qui vendaient à la criée des fruits, des petits pots de crème, des conserves et des gourmandises.

Grand d'Espagne, autorisé à rester couvert devant le roi, le comte de Guadalmedina avait le droit d'utiliser une voiture à quatre mules – l'attelage à six mules était réservé à Sa Majesté. Mais pour l'occasion, qui demandait de la discrétion, il avait choisi dans ses remises une modeste voiture sans armoiries, attelée à deux mules grises que conduisait un cocher sans livrée. Elle était cependant assez grande pour que lui-même, Don Francisco de Quevedo et le capitaine Alatriste puissent y prendre aisément place et attendre en montant et en descendant le Prado le rendez-vous convenu. Ils passaient donc inaperçus parmi les douzaines de voitures qui avançaient lentement dans la lumière du crépuscule. Le Madrid élégant se répandait aux alentours du couvent des hiéronymites, de graves chanoines se promenaient pour s'ouvrir l'appétit, à côté

d'étudiants aussi riches en stratagèmes que pauvres de maravédis et de commerçants ou d'artisans qui se donnaient des
airs d'hidalgos avec leur épée à la ceinture. Mais il y avait surtout beaucoup de galants, beaucoup de mains blanches qui
ouvraient et refermaient les rideaux des voitures, beaucoup de
dames plus ou moins découvertes qui montraient comme par
mégarde un bon pied de vertugadin séducteur. A mesure que
les derniers lambeaux de jour disparaîtraient, le Prado se rem-
plirait d'ombres et, les gens de bien rentrés chez eux, il devien-
drait le territoire des putains, des gentilshommes en quête
d'aventures et de toutes sortes de vauriens, faisant de ce lieu
un endroit propice aux intrigues, aux rendez-vous galants et
aux rencontres furtives sous les peupliers. Pour le moment, on
se cachait encore et l'on conservait toutes ses bonnes manières
tandis qu'on échangeait des billets de voiture à voiture au
milieu des regards, des coups d'éventail, des insinuations
et des promesses. Et certains des plus respectables gentilshommes et dames qui se croisaient sans avoir l'air de se
connaître se retrouveraient bientôt en apartés amoureux dès
le coucher du soleil, profitant de l'intimité d'une voiture ou de
l'ombre d'une des fontaines de pierre qui ornaient la promenade. Les querelles n'y étaient pas rares entre amoureux,
amants jaloux ou maris cocus. Le défunt comte de Villame-
diana – qui s'était fait éventrer d'un coup d'arbalète en pleine
promenade sur la Calle Major pour son impudence – avait
écrit ces vers célèbres :

> *Me voici à Madrid, le Prado méconnais,*
> *ce n'est point par oubli qu'il me faut l'ignorer,*
> *mais c'est qu'il est foulé, ainsi qu'il m'apparaît,*
> *par ceux qui ne viennent ici que pour brouter.*

Riche, célibataire et habitué du Prado et de la Calle Mayor, Álvaro de la Marca comptait parmi ceux qui faisaient des cocus à la douzaine. Mais il n'avait pas l'humeur à la bagatelle cet après-midi-là. Vêtu d'un discret costume de drap gris comme son cocher et ses mules, il s'efforçait de ne pas attirer l'attention. Alors qu'il avait ouvert le rideau de sa voiture, il s'en écarta prestement au passage d'une voiture découverte dans laquelle se trouvaient des dames croulant sous les passements d'argent et les soieries, qui agitaient de petits éventails napolitains. Nul doute qu'il les connaissait plus qu'il ne convenait et qu'il ne désirait point les saluer. A l'autre fenêtre, Don Francisco de Quevedo épiait lui aussi derrière son rideau à moitié fermé. Diego Alatriste était assis au milieu, les jambes allongées dans ses grandes bottes de cuir, bercé par le doux balancement de la voiture, silencieux comme toujours. Les trois hommes avaient leurs épées entre leurs genoux et leurs chapeaux sur la tête.

– Le voilà, dit Guadalmedina.

Quevedo et Alatriste se penchèrent un peu du côté du comte pour jeter un coup d'œil. Une voiture noire semblable à la leur, sans armoiries sur la portière, rideaux tirés, venait de passer la Torrecilla et remontait la promenade. Vêtu de brun, le cocher avait deux plumes à son chapeau, l'une blanche et l'autre verte.

Guadalmedina ouvrit le judas et lança un ordre à son cocher qui fit claquer ses guides pour se mettre à la hauteur de l'autre véhicule. Les deux voitures roulèrent ainsi côte à côte jusqu'à ce que la première s'arrête dans un coin discret, sous les branches d'un vieux marronnier près duquel coulait une fontaine ornée d'un dauphin de pierre ; la deuxième s'arrêta à son tour. Guadalmedina ouvrit la portière et descendit dans l'étroit espace qui séparait les deux voitures. Alatriste et Quevedo firent de même, en ôtant leurs chapeaux. Le rideau s'ouvrit sur un visage sanguin et ferme, durci par des yeux sombres et intelligents, une barbe et des moustaches féroces, une grosse tête sur de puissantes épaules, et la croix rouge de l'ordre de Calatrava. Ces épaules supportaient le poids de la plus grande monarchie sur terre. Elles appartenaient à Don Gaspar de Guzmán, comte d'Olivares, favori de Philippe IV, roi de toutes les Espagnes.

– Je ne m'attendais pas à vous revoir de sitôt, capitaine Alatriste. Je vous croyais en route pour la Flandre.

– C'était mon intention, Excellence. Mais j'ai eu un empêchement.

– Je vois... Vous a-t-on déjà dit que vous aviez un singulier talent pour vous compliquer la vie ?

Ce dialogue entre le favori du roi d'Espagne et un obscur spadassin avait quelque chose d'insolite. Dans l'étroit espace qui séparait les deux voitures, Guadalmedina et Quevedo écoutaient en silence. Le comte d'Olivares les avait salués distraitement et maintenant il s'adressait au capitaine Alatriste avec une attention presque courtoise en dépit de son aspect hautain et sévère. Le favori n'était pas coutumier du fait, ce qui n'échappa à personne.

– Un talent étonnant, répéta Olivares, comme pour lui-même.

Le capitaine se garda de répondre et resta silencieux, chapeau à la main, respectueux mais sûr de lui. Après lui avoir lancé un dernier regard, le conseiller du roi s'adressa à Guadalmedina :

– A propos de ce qui nous occupe, dit-il, sachez qu'on ne peut rien faire. Je vous remercie de vos informations, mais je ne peux rien vous offrir en échange. Pas même le roi n'intervient dans les affaires du Saint-Office – il fit un geste de sa main forte et large sur laquelle se nouaient de grosses veines. Sans compter que nous ne saurions déranger Sa Majesté pour si peu.

Álvaro de la Marca regarda Alatriste qui demeurait impassible, puis il se tourna vers Olivares.

– Il n'y a donc aucune porte de sortie ?

– Aucune. Et je regrette de ne pouvoir vous aider – il y avait une pointe de sincérité condescendante dans la voix du conseiller. D'autant plus que le coup qui visait notre capitaine Alatriste m'était destiné à moi aussi. Mais c'est ainsi.

Guadalmedina s'était découvert devant Olivares, malgré son titre de grand d'Espagne. Il pencha la tête. Courtisan, Álvaro de la Marca savait que les échanges de bons procédés avaient leurs limites à la cour. C'était déjà pour lui un triomphe que l'homme le plus puissant de la monarchie lui accorde une minute de son temps. Pourtant, il insista :

– Vont-ils brûler le petit, Excellence ?

Le conseiller ajusta les manchettes de dentelle flamande qui dépassaient des manches de son pourpoint galonné de vert très sombre, sans bijoux ni parures, aussi austère que les édits contre le luxe qu'il avait fait signer au roi.

– Je crains fort que oui, dit-il d'une voix neutre. Et la jeune fille aussi. Et vous pouvez vous estimer heureux qu'ils n'aient personne d'autre à faire monter sur le bûcher.

– Combien de temps nous reste-t-il ?

– Peu. D'après mes renseignements, la procédure va tambour battant et il pourrait y avoir un autodafé sur la Plaza Mayor dans une quinzaine de jours. Dans l'état actuel de mes relations avec le Saint-Office, l'Inquisition marque un point – il bougea sa tête puissante, assise sur une golille empesée qui serrait son cou robuste et sanguin. Ils ne me pardonnent pas l'histoire des Génois.

Il esquissa un sourire mélancolique entre sa barbe noire et sa féroce moustache, puis il leva légèrement sa main énorme pour signifier que l'entretien était terminé. Guadalmedina inclina brièvement la tête, à peine ce qu'il fallait pour être poli sans perdre son honneur.

– Votre Excellence a été très généreuse de son temps. Nous vous en sommes profondément reconnaissants et nous sommes les débiteurs de Votre Grandeur.

– Je vous enverrai la facture, Don Álvaro. Ma Grandeur ne fait jamais rien gratuitement – le conseiller se retourna vers Don Francisco qui restait là, immobile comme une statue. Quant à vous, monsieur de Quevedo, j'espère que dorénavant nos relations seront meilleures. Je ne détesterais pas un ou deux sonnets louant ma politique en Flandre, de ces sonnets anonymes dont tout le monde sait qu'ils sont de vous. Et un poème qui viendrait à point nommé pour justifier la nécessité de réduire de moitié la valeur de la monnaie de billon... Quelque chose dans l'esprit de ces vers que vous avez eu la bonté de me dédier l'autre jour :

Car la courtoise étoile qui vous a poussé,
sans preuve ni vengeance, au rang de favori,
miracle qui égare la maligne envie...

Gêné, Don Francisco jeta un coup d'œil en coulisse à ses compagnons. Après sa longue et pénible disgrâce, la fortune du poète semblait vouloir tourner et lui rendre la position qu'il avait occupée à la cour, après tant de procès et de revers. L'affaire du couvent des adoratrices tombait bien mal pour lui, et qu'il puisse mettre en péril sa bonne étoile actuelle pour une ancienne dette d'honneur en disait long sur son honnêteté. Haï et craint pour sa plume acerbe et la vivacité de son esprit, Quevedo essayait depuis quelque temps de ne pas se montrer hostile au pouvoir, ce qui le forçait à concilier l'éloge avec son habituel pessimisme et ses accès de mauvaise humeur. Humain en fin de compte, fort peu enclin à repartir en exil et prêt à redorer un peu son blason, le grand satiriste mordait son frein, de crainte de tout jeter par terre. De plus, il croyait alors sincèrement, comme beaucoup d'autres, qu'Olivares pourrait être le chirurgien de fer dont avait besoin le vieux lion espagnol. Ajoutons à l'honneur de l'ami d'Alatriste que même dans ces temps favorables il écrivit une comédie qui égratignait le favori dont l'influence grandissait auprès du roi. Cette amitié fragile, malgré les tentatives que firent Olivares et d'autres puissants de la cour pour attirer le poète, finit par se rompre quelques années plus tard. Les mauvaises langues disent que ses fameux libelles éveillèrent la colère du roi, qui les avait trouvés sur sa table, et lui valurent d'être emprisonné, vieux et malade, à San Marcos de León. Pour ma part, je crois que c'est autre chose qui fit d'Olivares et de Quevedo des ennemis mortels. Mais tout cela n'arriva que plus tard, quand vint le temps où, la monarchie étant devenue une machine insatiable à dévorer les impôts, ne donnant en échange au peuple épuisé que désastres sur les champs de bataille et erreurs politiques, la Catalogne et le

Portugal se révoltèrent, les Français – comme d'habitude – voulurent avoir leur part du gâteau et l'Espagne plongea dans la guerre civile, la ruine et la honte. Mais je reviendrai en temps voulu sur cette triste époque. Pour le moment, il suffira de dire que cet après-midi-là, au Prado, le poète répondit courtoisement mais avec réserve :

– Je consulterai les muses, Excellence. Et je ferai mon possible.

Olivares hocha la tête, satisfait.

– Je n'en doute pas – il parlait comme un homme qui n'aurait pu s'arrêter une seconde, à considérer qu'il puisse en être autrement. Quant à votre procès pour les huit mille quatre cents réaux du duc d'Osuna, vous savez que les choses du palais avancent à pas comptés... Patience. Venez donc bavarder un jour avec moi. Et n'oubliez pas mon poème.

Quevedo le salua avec un certain embarras en regardant encore une fois ses compagnons à la dérobée, et plus particulièrement Guadalmedina, comme s'il craignait de surprendre dans ses yeux une lueur de moquerie. Mais Álvaro de la Marca était un courtisan avisé. Il connaissait les dons de spadassin du poète et fit comme s'il n'entendait rien. Le conseiller se retourna alors vers Diego Alatriste.

– Quant à vous, monsieur le capitaine, je regrette de ne pouvoir vous aider – bien que distante comme il convenait entre deux personnes de conditions si différentes, sa voix était aimable. J'avoue que, pour quelque étrange raison que nous connaissons peut-être vous et moi, j'éprouve une curieuse faiblesse pour votre personne... Faiblesse qui, avec les instances de mon cher ami Don Álvaro, m'a fait vous accorder cette rencontre. Mais sachez que plus on acquiert de pouvoir, moins on a l'occasion de l'exercer.

Alatriste tenait son chapeau d'une main. L'autre était posée sur le pommeau de son épée.

– Avec tout le respect que je vous dois, il suffirait d'un mot de Votre Excellence pour sauver le petit.

– De fait. Il suffirait d'un ordre signé de ma main. Mais ce n'est pas si facile. Il me faudrait faire des concessions en échange. Et dans la charge que j'occupe, il faut être avare de concessions. Votre jeune ami ne pèse pas lourd dans la balance, face aux grandes responsabilités que Dieu et Sa Majesté le roi ont bien voulu placer entre mes mains. Je ne peux donc que vous souhaiter bonne chance.

Son regard indiquait clairement qu'il ne restait plus rien à dire. Mais Alatriste ne baissa pas les yeux.

– Excellence, je n'ai que mes états de service dont tout le monde se moque éperdument et mon épée qui me fait vivre – le capitaine parlait très lentement, comme si au lieu de s'adresser au premier ministre du roi, il réfléchissait à haute voix. Je parle peu et mes ressources sont limitées. Mais on va brûler un enfant innocent dont le père, qui était mon camarade, est mort durant ces guerres qui sont autant celles du roi que les vôtres. Peut-être que Lope Balboa, son fils et moi-même ne pesons pas lourd dans la balance que Votre Excellence a bien voulu mentionner. Mais personne ne connaît jamais les secrets de la vie. Et un beau jour, cinq pouces d'acier peuvent bien valoir tous les papiers, tous les greffiers et tous les sceaux royaux du monde... Si vous aidez le fils orphelin d'un de vos soldats, je vous donne ma parole que vous pourrez compter sur moi.

Personne, pas même Quevedo ou Guadalmedina, n'avait jamais entendu Diego Alatriste parler si longtemps d'une traite. Le conseiller du roi l'écoutait, immobile, impénétrable, à l'exception de ses yeux sagaces où brillait une lueur d'intérêt. Le capitaine parlait d'une voix respectueuse et mélancolique, mais avec une fermeté qui aurait pu paraître un peu rude s'il n'y avait pas eu son regard serein et tranquille, sans la moindre jactance, comme s'il ne faisait qu'énoncer un fait objectif.

– Vous pourrez compter sur moi, répéta-t-il.

Il y eut ensuite un très long silence. Olivares, qui était sur le point de fermer sa portière, s'arrêta. L'homme le plus puissant d'Europe, qui d'un geste pouvait commander des galions chargés d'or et d'argent et déplacer des armées d'un bout à l'autre d'une carte, regarda fixement l'ancien soldat. Sous sa terrible moustache noire, le conseiller semblait sourire.

– Pardieu, dit-il.

Il le regarda pendant ce qui sembla être une éternité. Puis, très lentement, il prit une feuille de papier dans un cartable en maroquin et écrivit quatre mots au crayon : *Alquézar. Huesca. Livre vert.* Il les relut plusieurs fois, songeur, puis finit par tendre la feuille de papier à Diego Alatriste, en prenant tout son temps, comme s'il hésitait encore à le faire.

– Vous avez parfaitement raison, capitaine, murmura-t-il, toujours pensif, avant de jeter un coup d'œil à l'épée sur laquelle Alatriste posait sa main gauche. On ne sait jamais.

VIII

UNE VISITE
NOCTURNE

Deux coups sonnaient à San Jerónimo quand Diego Alatriste introduisit très doucement la clé dans la serrure. Son appréhension se changea en soulagement quand celle-ci, huilée de l'intérieur dans l'après-midi, pivota avec un léger déclic. Il poussa la porte qui tourna sur ses gonds sans le moindre grincement. *Auro clausa patent.* L'or ouvre les portes, aurait dit le père Pérez. Peu importait que cet or provienne de la bourse du comte de Guadalmedina plutôt que de la maigre escarcelle du capitaine Alatriste. L'argent n'a pas d'odeur. Il avait permis d'acheter les clés et le plan de cette maison. Grâce à lui, quelqu'un allait avoir une désagréable surprise.

Alatriste avait pris congé quelques heures plus tôt de Don Francisco, quand il avait accompagné le poète jusqu'à la rue des Postes avant de le voir s'éloigner au galop, monté sur un bon cheval, en costume de voyage, épée, portemanteau et pistolet sur l'arçon de la selle, avec dans la basane de son chapeau les quatre mots que le comte d'Olivares leur avait confiés. Guadalmedina, qui approuvait le voyage du poète, n'avait pas témoigné du même enthousiasme pour l'aventure qu'Alatriste se disposait à entreprendre cette nuit-là. Mieux vaut attendre, avait-il dit. Mais le capitaine ne pouvait pas attendre. Le succès du voyage de Quevedo n'avait rien d'assuré. Il fallait qu'il fasse quelque chose en attendant. Et c'est précisément ce qu'il était en train de faire.

Il sortit sa dague, la prit dans sa main gauche et traversa la cour en essayant de ne pas faire de bruit pour ne pas réveiller les domestiques. Au moins l'un d'eux, celui qui avait remis les clés et le plan aux agents d'Álvaro de la Marca, dormirait cette nuit comme un loir, sourd, muet et aveugle. Mais il y en avait une demi-douzaine d'autres et ils pourraient prendre mal qu'on vienne troubler leur sommeil à pareille heure. Le capitaine avait donc pris les précautions usuelles de son métier. Il était vêtu de noir, sans cape ni chapeau qui puisse le gêner ; à la ceinture, il portait un de ses pistolets, chargé et armé, et il avait ajouté à son épée et à sa dague le vieux gilet de peau de buffle qui lui rendait tant de services dans ce Madrid qu'Alatriste lui-même contribuait plus qu'un peu à rendre insalubre. Quant aux bottes, elles étaient restées chez Juan Vicuña. Il leur avait préféré des brogues de cuir à semelle de paille, très commodes pour se déplacer avec la rapidité et le silence d'une ombre : souvenir de temps encore plus difficiles, quand il fallait se glisser la nuit entre les fascines et les tranchées pour égorger les hérétiques dans les bastions flamands, dans de cruels coups de main où personne ne faisait de quartier.

La maison était sombre et silencieuse. Alatriste trébucha

contre la margelle d'une citerne. Il en fit le tour à tâtons et trouva finalement la porte qu'il cherchait. La seconde clé fit parfaitement son travail et le capitaine se retrouva dans un escalier assez large. Il monta, retenant son souffle et remerciant le ciel que les marches soient de pierre et non de bois grinçant. Arrivé sur le palier, il s'arrêta à l'abri d'une lourde armoire pour s'orienter. Puis il fit quelques pas, hésita un peu dans l'ombre du couloir, compta deux portes sur la droite et entra, biscayenne au poing, l'autre main sur l'épée pour l'empêcher de heurter quelque chose. Devant la fenêtre, dans la douce lumière d'une petite lampe à huile, Luis d'Alquézar ronflait en toute quiétude. Diego Alatriste ne put s'empêcher de sourire intérieurement. Son puissant ennemi, le secrétaire du roi, avait peur de dormir dans le noir.

Mal réveillé, Alquézar tarda à comprendre qu'il ne s'agissait pas d'un cauchemar. Il fallut qu'il fasse le geste de se tourner sur l'autre côté pour se rendormir et que la dague qu'il avait sous le menton l'en empêche avec une douloureuse piqûre pour qu'il comprenne qu'il ne s'agissait pas d'un mauvais rêve mais d'une amère réalité. Épouvanté, il se dressa en sursaut sur son séant tandis qu'il ouvrait la bouche pour crier, les yeux écarquillés. Mais la main de Diego Alatriste l'en empêcha sans ménagement.

– Un seul mot, murmura le capitaine, et je vous tue.

Entre le bonnet de nuit et la main de fer qui le bâillonnait, les yeux et la moustache du secrétaire du roi étaient parcourus de spasmes de frayeur. A quelques pouces de son visage, la petite lampe à huile éclairait faiblement le profil aquilin d'Alatriste, sa moustache fournie, la longue lame de sa dague.

– Vous avez des gardes armés ?

L'autre fit signe que non. Son haleine mouillait la paume du capitaine.

– Vous savez qui je suis ?

Les yeux remplis d'épouvante battirent un peu, puis la tête fit un signe affirmatif. Et lorsque Alatriste retira sa main de la bouche de Luis d'Alquézar, celui-ci resta muet, la bouche ouverte, figé par la stupeur, regardant l'ombre penchée au-dessus de lui comme on regarde une apparition. Le capitaine appuya un peu plus avec sa dague sur le cou du secrétaire.

– Qu'allez-vous faire du petit ?

Alquézar regardait la dague avec des yeux exorbités. Son bonnet de nuit était tombé sur l'oreiller et la petite lampe éclairait ses cheveux clairsemés, gras et ébouriffés qui accentuaient la mesquinerie de cette tête ronde, de ce gros nez, de cette petite barbe étroite.

– J'ignore de qui vous me parlez, articula-t-il d'une voix faible et rauque.

La menace de la lame ne suffisait pas à lui faire dissimuler sa fureur. Alatriste appuya un peu plus sur sa dague jusqu'à lui arracher un gémissement.

– Alors je vous tue sur-le-champ, aussi vrai qu'il y a un Dieu.

L'autre poussa un gémissement angoissé. Immobile, il n'osait même plus battre des paupières. Les draps et sa chemise de nuit sentaient la sueur aigre, la peur et la haine.

– Il n'est pas en mon pouvoir, finit-il par balbutier. L'Inquisition…

– Foutre de l'Inquisition ! Le père Emilio Bocanegra, vous, et c'est tout.

Alquézar leva la main très lentement, sans cesser de regarder du coin de l'œil la lame d'acier appuyée sur sa gorge.

– Peut-être pourrait-on... murmura-t-il. Nous pourrions peut-être essayer...

Il avait peur et il était plus que probable qu'à la lumière du jour, la dague loin de son cou, le secrétaire du roi se ravise. Mais Alatriste n'avait pas le choix.

– S'il arrive quelque chose au petit, dit-il, le visage à quelques pouces de celui d'Alquézar, je reviendrai ici comme je suis venu cette nuit. Je viendrai vous tuer comme un chien, je viendrai vous égorger dans votre sommeil.

– Je vous répète que l'Inquisition...

L'huile de la petite lampe grésillait et un instant la lumière se refléta dans les yeux du capitaine comme une vision des flammes de l'enfer.

– Pendant votre sommeil – répéta-t-il, et il sentit sous sa main qui appuyait sur la poitrine d'Alquézar que celui-ci tremblait. Je le jure.

Personne n'en aurait douté et le regard de l'autre le montrait bien. Mais le capitaine vit aussi dans les yeux de son ennemi le soulagement de savoir qu'on n'allait pas le tuer cette nuit-là. Et dans le monde de ce misérable, la nuit était la nuit, et le jour était le jour. Tout pouvait recommencer depuis le début, dans une nouvelle partie d'échecs. Soudain, Alatriste comprit que tout ce qu'il entreprenait était inutile et que le secrétaire du roi retrouverait sa morgue dès qu'il écarterait sa dague. La certitude de savoir que j'étais condamné, quoi qu'il fasse, le mit dans une colère intense, froide et désespérée. Il douta un instant et Alquézar le comprit aussitôt. Le capitaine s'en rendit compte immédiatement, comme si l'acier de la biscayenne lui livrait, en même temps que les battements de cœur de son ennemi, les sinistres réflexions du secrétaire.

– Si vous me tuez maintenant, dit lentement Alquézar, le garçon est perdu.

C'était tout à fait juste, se dit le capitaine. Mais il le serait tout autant s'il laissait le secrétaire du roi en vie. Il recula d'un pas, le temps de se demander s'il fallait égorger sur-le-champ le secrétaire du roi et en finir avec un des serpents de ce nœud de vipères. Mon sort retenait son bras. Il regarda autour de lui, comme s'il avait besoin d'espace pour réfléchir. Dans la demi-obscurité, il heurta avec le coude une carafe d'eau qui se trouvait sur la table de chevet. La carafe se brisa à grand bruit. Quand Alatriste, encore indécis, allait reposer sa dague sur le cou de son ennemi, une lumière apparut à la porte. Alatriste leva les yeux et découvrit Angélica d'Alquézar en chemise de nuit, une chandelle à la main, surprise et encore à moitié endormie. La petite fille les regardait.

Tout se passa ensuite très rapidement. La petite fille poussa un cri perçant à vous donner la chair de poule. Ce n'était pas un cri de peur, mais bien un cri de haine qui s'éleva dans la nuit, long comme celui d'un faucon à qui l'on enlève ses petits. Et quand Alatriste voulut s'éloigner du lit, ne sachant trop quoi faire d'elle, la dague toujours à la main, Angélica avait déjà traversé la chambre, rapide comme une balle et, jetant à terre sa chandelle, se lançait contre lui comme une minuscule furie vengeresse, les cheveux noués par des rubans, dans une chemise de soie blanche qui se dessinait dans la pénombre comme le suaire d'un spectre – extrêmement belle, je suppose, encore que le capitaine pensait sans doute tout autre chose. Toujours est-il qu'elle s'approcha de lui et, saisissant fermement son bras qui tenait la dague, elle le mordit comme un petit chien de chasse, blond et féroce. Elle resta ainsi accrochée au bras d'Alatriste qui la souleva en l'air quand il voulut se débarrasser d'elle en lui donnant des claques. Mais elle tenait bon. Sur ce, le capitaine vit l'oncle de la petite, libéré de la biscayenne qui le menaçait, sauter de son lit avec une agilité surprenante, en chemise et pieds nus, puis se précipiter vers une armoire d'où il sortit une petite épée pendant qu'il criait « assassins ! », « à moi ! » et « au secours ! ». En un instant, la maison fut en émoi. Ce n'était partout que bruits de pas et de coups, voix à peine arrachées au sommeil, bref un chahut de tous les diables.

Le capitaine avait enfin réussi à se débarrasser de la fillette qu'il avait envoyée rouler à terre juste à temps pour esquiver l'épée d'Alquézar qui, s'il avait été en pleine possession de ses moyens, aurait mis un terme à la carrière hasardeuse d'Alatriste. Il porta la main à son épée pendant qu'il se dérobait pour éviter les coups que l'autre cherchait à lui porter. Puis il se retourna, attaqua par deux fois le secrétaire et le fit reculer. Il cherchait la porte pour se sauver, mais la petite fille revenait déjà à la charge en poussant un hurlement à vous glacer le sang. Angélica se lança de nouveau à l'assaut, sans se soucier de l'épée qu'Alatriste tenait inutilement devant elle et qu'il dut finalement relever pour ne pas l'embrocher comme un poulet. En un clin d'œil, la petite fille s'accrocha avec ses ongles et ses dents au bras du capitaine, qui courait d'un côté et d'autre de la chambre sans parvenir à se défaire d'elle, uniquement préoccupé d'éviter les coups que lui portait Alquézar sans s'inquiéter le moins du monde de sa nièce. La bataille semblait vouloir s'éterniser quand Alatriste réussit à se défaire encore une fois de la petite fille et à porter un coup à Alquézar qui fit reculer le secrétaire du roi, dans un grand bruit de cuvettes, de pots de chambre et de faïences renversés. Le capitaine put enfin jeter un coup d'œil dans le couloir, juste à temps pour tomber sur trois ou quatre domestiques armés. Les choses se corsaient. Tellement qu'il sortit son pistolet et tira à bout portant. Il y eut alors dans l'escalier un grand désordre de pieds, de bras, d'épées, de boucliers et de gourdins. Avant que les domestiques n'aient eu le temps de se remettre debout, Alatriste rentra dans la chambre, tira le verrou et traversa la pièce en coup de vent pour s'approcher de la fenêtre, non sans esquiver deux méchants coups d'Alquézar et se retrouver pour la troisième maudite fois avec cette sangsue accrochée à son bras qui le mordait avec une férocité remarquable pour une petite fille de douze ans. Le capitaine finit par arriver devant la fenêtre, ouvrit les volets d'un coup de pied, déchira avec sa lame la chemise d'Alquézar qui trébucha en se couvrant maladroitement, et, tandis qu'il enjambait la balustrade de fer, secoua son bras pour faire lâcher prise à Angélica. Les yeux bleus et les dents menues et blanches étincelèrent encore avec une férocité inouïe avant qu'Alatriste qui commençait à en avoir assez d'elle la tire par les cheveux et, l'arrachant à son bras meurtri, l'expédie en l'air comme une balle furieuse et braillarde qui alla s'écraser contre son oncle. Nièce et oncle tombèrent sur le lit qui s'effondra à grand bruit. Profitant de la confusion, le capitaine se laissa glisser du haut la fenêtre, traversa la cour, sortit dans la rue et courut sans s'arrêter jusqu'à se retrouver bien loin de ce cauchemar.

Cherchant l'ombre des rues les plus noires, il rentra chez Juan Vicuña en passant devant les volets fermés de Fadrique l'apothicaire avant de traverser Puerta Cerrada où il n'y avait pas âme qui vive à cette heure.

Il aurait préféré ne pas penser, mais il ne pouvait s'en empêcher. Il était sûr d'avoir commis une stupidité qui ne ferait qu'aggraver la situation. Une froide colère lui battait les tempes, comme des coups de sang, et il se serait volontiers frappé le visage pour donner libre cours à son désespoir et à sa rage. Pourtant – se dit-il quand il eut retrouvé un peu de son calme –, le désir d'agir, de ne pas attendre que d'autres décident à sa place, l'avait poussé à sortir de sa tanière comme un loup désespéré chassant on ne sait trop quoi. Ce n'était pas dans son caractère. L'existence, le temps qu'elle durait, était beaucoup plus simple quand on n'avait qu'à se protéger soi-même dans un monde difficile où tous les jours chacun se voyait contraint de ne compter que sur ses propres forces, sans rien attendre de personne, sans autre responsabilité que de sauver sa peau. Diego Alatriste y Tenorio, vétéran des tercios de Flandre et des galères de Naples, avait passé de longues années à réprimer tout sentiment qui ne puisse se résoudre avec une bonne épée. Mais voilà qu'un jeune garçon dont peu avant il connaissait à peine le nom venait tout chambarder. Comme quoi on a beau être dur et courageux, il y a toujours un défaut dans la cuirasse.

Et puisque nous parlons de défaut dans la cuirasse,

Alatriste tâta son avant-bras gauche meurtri par les morsures d'Angélica. Il ne put s'empêcher de faire une moue admirative. Les tragédies prennent parfois l'allure d'intermèdes burlesques, se dit-il. Cette petite chatte blonde, dont il n'avait entendu que vaguement parler – je n'avais jamais mentionné son nom et le capitaine ignorait tout de ma relation avec elle – promettait d'être féroce. Bon chien chasse de race : elle était digne de son oncle.

Alatriste se souvint encore une fois des yeux épouvantés de Luis d'Alquézar, de son haleine sur la main qui étouffait ses cris, de son odeur aigre de sueur et de terreur. Il haussa les épaules. Son stoïcisme de soldat reprenait le dessus. Après tout, conclut-il, on ne sait jamais quelles vont être les conséquences de nos actes. Au moins, après cette attaque nocturne qu'il venait de vivre, Luis d'Alquézar savait maintenant lui aussi qu'il était vulnérable. Son cou était autant à la merci d'une dague que celui de n'importe qui. Et le lui avoir fait comprendre pouvait tout aussi bien être bon que mauvais, selon les caprices du destin.

Il en était là de ses réflexions quand il arriva enfin sur la petite place du Comte de Barajas, à deux pas de la Plaza Mayor. Mais alors qu'il était au coin de la rue, il vit de la lumière et des gens. L'heure n'était pas à la promenade. Il se cacha donc dans l'entrée d'une maison. Peut-être s'agissait-il de clients de Juan Vicuña, fatigués de taper le carton, ou de couche-tard en quête d'aventures, ou de la justice. De toute façon, mieux valait à cette heure éviter les surprises, bonnes ou mauvaises.

A la lumière de la lanterne qu'ils avaient posée à terre, il les vit afficher un placard près de l'arche des Couteliers, puis poursuivre leur chemin. Ils étaient cinq, armés, avec un rouleau de placards et un seau de colle. Alatriste aurait continué son chemin sans trop faire attention à eux s'il n'avait pas aperçu à la lumière de la lanterne que l'un des inconnus portait le bâton noir des familiers de l'Inquisition. A peine se furent-ils éloignés qu'il s'approcha du placard pour le lire, mais il ne faisait pas assez jour. Comme la colle était encore fraîche, il arracha l'affiche, la plia en quatre et gravit les marches de l'arche. Puis il passa sous les arcades de la place, ouvrit la petite porte secrète de Juan Vicuña et battit le briquet pour allumer une chandelle dans le couloir. Alatriste se forçait à prendre son temps, comme quelqu'un qui attend avant de rompre les sceaux d'une lettre qu'il sait lui apporter de mauvaises nouvelles. De fait, les nouvelles n'étaient pas bonnes. Le placard venait du Saint-Office :

✠

Avis est donné aux habitants de cette ville de Sa Majesté que le Saint-Office de l'Inquisition célébrera un autodafé sur la Plaza Mayor, le prochain dimanche, quatrième jour de...

Malgré la rude vie qu'il menait pour ne pas crever de faim, le capitaine Alatriste n'était pas homme à utiliser en vain le nom de Dieu. Mais cette fois, il lança un gros blasphème de soldat qui fit trembler la flamme de la chandelle. Il restait moins d'une semaine avant le quatre et il ne pouvait rien faire d'autre que ronger son frein. Sans parler de la possibilité qu'après sa visite nocturne au secrétaire du roi, on placarde le lendemain un autre avis, du corregidor cette fois, mettant sa tête à prix. Il froissa l'affiche puis s'adossa au mur, immobile, les yeux perdus dans le vide. Il resta longtemps ainsi. Il avait brûlé toutes ses cartouches, sauf une. L'unique espoir était maintenant Don Francisco de Quevedo.

Le lecteur m'excusera de reparler de ma personne, enfermé que j'étais dans les prisons secrètes de Tolède où j'avais presque perdu la notion du temps, du jour et de la nuit. Après quelques nouvelles séances, accompagnées des rossées que m'administrait le sbire roux – on dit que Judas était rouquin lui aussi, et je souhaitais que mon bourreau finisse ses jours comme lui –, sans que je révèle rien qui soit digne de mention, ils me laissèrent plus ou moins en paix. L'accusation d'Elvira de la Cruz et l'amulette d'Angélica paraissaient leur suffire et la dernière séance véritablement dure fut un long interrogatoire où se multiplièrent les « n'est-il pas vrai », « dis la vérité » et « avoue que », tandis qu'on me demandait sans cesse qui étaient mes complices avec force coups de fouet sur mes épaules chaque fois que je gardais le silence, autant dire à chaque question. J'ajouterai seulement que je restai ferme et que je ne livrai aucun nom. Mais j'étais si faible et prostré que les évanouissements que j'avais feints au début, et qui m'avaient si bien servi, continuaient maintenant à se produire mais sans que j'y sois pour rien, abrégeant ainsi mon calvaire. J'imagine que si mes bourreaux n'allèrent pas plus loin, c'était de crainte de se priver du rôle qu'ils me préparaient pour la grande fête de la Plaza Mayor. Mais j'étais incapable d'y réfléchir vraiment, car mon esprit avait perdu beaucoup de sa lucidité. J'avais la tête vide, au point de ne même plus me reconnaître dans cet Iñigo qui supportait les coups ou se réveillait en sursaut dans l'obscurité d'un cachot humide, écoutant le rat qui allait et venait. Ma seule véritable appréhension était qu'on me laisse pourrir en prison jusqu'à ce que j'aie quatorze ans et qu'on me fasse alors connaître de près ces roues et ces cordes qui se trouvaient toujours dans la salle d'interrogatoire, car j'étais sûr que je finirais tôt ou tard sur cette machine à désarticuler les gens.

En attendant, j'eus raison du rat. Fatigué de dormir en craignant de me faire mordre, je consacrai de longues heures à étudier la situation. Je finis par connaître les habitudes de l'animal mieux que je connaissais les miennes, ses hésitations – c'était un vieux rat qui en avait vu d'autres –, ses audaces, le chemin qu'il parcourait entre ces quatre murs. Avec le temps, je pus suivre en pensée tous ses mouvements, même dans le noir. De sorte qu'un jour, alors que je faisais semblant de dormir, je le laissai faire sa promenade habituelle jusqu'à ce que je sache qu'il se trouvait dans le coin où, prévoyant, j'avais laissé chaque jour des miettes de pain pour l'y attirer. Je saisis alors la jarre d'eau et la lançai sur le rat. La chance me sourit et la bestiole se retrouva sur le dos sans avoir eu le temps de dire aïe, ou ce que disent les rats quand on leur fait la peau.

Cette nuit-là, je pus enfin dormir tranquille. Mais le lendemain matin, je commençai à regretter la présence de mon rat. Sans lui, mon esprit battait la campagne et je pensais à d'autres choses, comme la trahison d'Angélica et le bûcher où risquait fort de prendre fin ma courte existence. Sans me vanter, je dirai que la perspective de m'envoler en fumée ne me préoccupait pas excessivement. J'étais tellement fatigué de ma prison et des sévices qu'on m'infligeait que n'importe quel changement m'aurait fait l'effet d'une libération. Il m'arrivait parfois de me demander combien de temps il me faudrait pour mourir sur le bûcher. Celui qui abjurait en bonne et due forme avait droit au garrot avant qu'on n'allume le bûcher, ce qui abrégeait ses souffrances. Je me disais pour me consoler que de toute façon aucune souffrance n'est éternelle. Et avec la fin vient le repos, même s'il faut l'attendre longtemps. De plus, à l'époque, mourir était extrêmement facile et n'avait rien de bien extraordinaire. Quant à mes péchés, ils n'étaient pas si nombreux que mon âme ne puisse aller retrouver là-haut celle du bon soldat Lope Balboa. A mon âge, imprégné que j'étais d'une certaine conception héroïque de la vie – souvenez-vous, à ma décharge, que si je me trouvais en si fâcheuse posture, c'était pour ne pas dénoncer le capitaine et ses amis –, tout cela devenait supportable quand je me disais – et vous m'en excuserez – que je pouvais être très fier de moi. J'ignore si j'étais vraiment un garçon d'un naturel courageux, mais si le premier pas vers la bravoure consiste à se comporter comme un brave, j'avais déjà fait plusieurs de ces pas.

Je ressentais cependant une tristesse infinie. Une peine très profonde qui me donnait envie de pleurer à l'intérieur de moi-même et qui n'avait rien à voir avec les larmes de douleur ou de faiblesse physique que je versais parfois. C'était plutôt un chagrin froid et triste, qui me me ramenait à ma mère et à mes petites sœurs, au regard du capitaine quand il approuvait en silence ce que je faisais, aux douces collines verdoyantes de la campagne d'Oñate, à mes jeux d'enfant avec les petits voisins. Je prenais congé de tout cela et je pensais à toutes les belles choses qui m'attendaient dans la vie et que je ne verrais jamais. Par-dessus tout, je regrettais de ne pouvoir me contempler une dernière fois dans les yeux d'Angélica d'Alquézar.

Je vous jure que je ne parvenais pas à la haïr. Bien au contraire, la certitude qu'elle avait joué un rôle dans mon malheur me laissait un arrière-goût à la fois doux et amer qu'aiguisait l'ensorcellement de son souvenir. Elle était méchante – et elle le fut encore davantage par la suite, je le jure devant Dieu –, mais elle était si belle. Et cet alliage de méchanceté et de beauté, tellement liées l'une à l'autre, me causait une fascination intense, un douloureux plaisir quand je souffrais à cause d'elle. On aurait dit que j'étais envoûté. Plus tard, avec les années, j'entendis parler d'hommes auxquels un diable rusé avait ravi leur âme. Chaque fois je retrouvai sans effort dans ces histoires le même rapt dont j'avais été la victime. Angélica d'Alquézar avait ravi mon âme, et elle la garda toute sa vie durant. Et moi, qui lui aurais donné la mort mille fois et qui serait mort mille autres fois pour elle sans sourciller, je n'oublierai jamais son sourire énigmatique, ses yeux bleus si froids, sa peau si blanche, douce et pure, dont ma propre peau conserve encore le souvenir délicieux, malgré les vieilles cicatrices dont certaines, pardieu, me furent laissées par elle. Comme celle que j'ai dans le dos, longue, une blessure de dague, indélébile autant que cette nuit où elle me l'infligea, bien longtemps après l'époque dont je vous parle maintenant, quand nous n'étions plus des enfants et que je la pris dans mes bras, l'aimant et la haïssant à la fois, sans me soucier de savoir si le jour naissant allait me trouver mort ou vif. Et elle qui me regardait de si près, les lèvres rouges de mon sang après avoir baisé ma blessure, elle avait murmuré ces quelques mots que je n'oublierai jamais dans cette vie ni dans l'autre : « *Je suis heureuse de ne pas t'avoir encore tué.* »

Effrayé, prudent ou peut-être rusé, si ce n'est les trois à la fois, Luis d'Alquézar était un corbeau patient et il avait suffisamment d'atouts dans sa manche pour continuer à jouer à sa guise. Il se garda donc d'emboucher la trompette. La tête de Diego Alatriste ne fut pas mise à prix et le capitaine passa la journée, comme les précédentes, caché dans le tripot de Juan Vicuña. Les nuits du capitaine étaient plus mouvementées que ses journées. Dès la nuit suivante, il décida d'aller rendre visite à une autre vieille connaissance.

Il trouva le lieutenant d'alguazils Martín Saldaña sur le pas de sa porte, rue de Léon, de retour de sa dernière ronde. Ou, plus exactement, ce que vit Saldaña fut le reflet de son pistolet braqué sur lui dans l'ombre de l'entrée. Mais Saldaña était un homme d'expérience qui avait vu bien des pistolets, des arquebuses et d'autres armes pointées vers lui tout au long de son existence. Ces démonstrations ne lui faisaient plus ni chaud ni froid. Les deux mains sur les hanches, il regarda Diego Alatriste qui, avec sa cape et son chapeau, tenait son pistolet de la main droite, la main gauche prudemment posée sur la poignée de la dague qu'il portait dans le dos.

– Sur la vie du roi, Diego, tu cherches les ennuis.

Alatriste ne répondit pas. Il sortit un peu de l'ombre pour voir le visage du lieutenant à la faible lumière de la rue – une seule torche brûlait au coin de la rue des Jardins – puis il releva le canon de son pistolet, comme s'il voulait le lui montrer.

– En trouverai-je bientôt?

Saldaña l'observa un moment en silence.

— Non, dit-il enfin. Pas pour le moment.

Les deux hommes se détendirent. Le capitaine remit son pistolet sous son ceinturon et retira la main de sa dague.

— Allons faire un tour, dit-il.

— Ce que je ne comprends pas, dit Alatriste, c'est pourquoi je ne suis pas recherché officiellement.

Ils traversèrent la petite place d'Antón Martín pour prendre la rue d'Atocha, déserte à cette heure. La lune, qui en était à son dernier quartier, venait de se lever derrière le chapiteau de l'hôpital de l'Amour de Dieu et sa clarté faisait luire faiblement l'eau qui débordait de la fontaine et ruisselait en dévalant la rue. L'air sentait les légumes pourris et le crottin de cheval et de mule.

— Je n'en sais rien et je ne veux pas le savoir, dit Saldaña. Mais c'est la vérité. Personne n'a donné ton nom à la justice.

Il s'écarta pour éviter une flaque boueuse, mit le pied là où il n'aurait pas dû et poussa un juron étouffé dans sa barbe poivre et sel. Son manteau court accentuait sa carrure d'homme massif et large d'épaules.

— De toute façon, continua-t-il, fais bien attention. Que mes argousins ne t'aient pas pris en chasse ne veut pas dire que tu n'intéresses personne... D'après ce qu'on m'a dit, les familiers de l'Inquisition ont l'ordre de te mettre la main au collet aussi discrètement que possible.

— On t'a dit pourquoi ?

Saldaña lança un regard en coin au capitaine.

— On ne me l'a pas dit et je ne veux pas le savoir. Tiens, pendant que j'y pense : on a identifié la femme qu'on a retrouvée morte l'autre jour dans la chaise à porteurs… Il s'agit d'une certaine María Montuenga. Elle était la duègne d'une novice du couvent des bienheureuses adoratrices… Le nom te dit quelque chose ?

— Pas du tout.

— C'est bien ce que je pensais – le lieutenant d'alguazils rit sous cape. Et c'est tant mieux car il s'agit d'une histoire passablement trouble. On dit que la vieille faisait l'entremetteuse, et que maintenant l'Inquisition s'en mêle… Tu n'es pas au courant non plus, je suppose ?

— Non, pas davantage.

— Je vois. On parle aussi de morts que personne n'a vus et d'un grand chambardement dans un certain couvent dont personne ne se souvient à présent… – il lança un nouveau regard en coulisse à Alatriste. Certains font le rapprochement avec l'autodafé de dimanche.

— Et toi ?

— Je ne réfléchis pas. Je reçois des ordres et j'obéis. Et quand on ne me dit rien, ce dont je me félicite beaucoup dans le cas présent, je me contente de voir, d'entendre et de me taire. C'est une question de sagesse dans mon métier… Mais toi, Diego, j'aimerais te voir loin d'ici… Pourquoi ne t'es-tu pas sauvé ?

— Je ne peux pas. Iñigo…

Saldaña l'interrompit en lançant un juron.

— Arrête-toi là. Je t'ai déjà dit que je ne voulais rien savoir de ton Iñigo et du reste… Pour dimanche, je peux quand même te dire quelque chose : tiens-toi à l'écart. J'ai l'ordre de mettre tous mes alguazils, armés jusqu'aux dents, à la disposition du Saint-Office. Quoi qu'il arrive, ni toi ni la Sainte Mère de Dieu ne pourrez lever le petit doigt.

L'ombre noire d'un chat passa rapidement devant eux. Ils étaient près de la tour de l'hôpital de la Conception. Une voix de femme cria « gare dessous ». Ils s'écartèrent prudemment et entendirent le contenu d'un pot de chambre se vider dans la rue.

– Encore une dernière chose, dit Saldaña. Tu ferais bien de te méfier d'un certain spadassin… Apparemment, il y a dans cette affaire une trame officielle et une autre qui ne l'est pas.

– De quelle affaire me parles-tu ? – moqueur, Alatriste tordait sa moustache dans le noir. Tu viens de me dire que tu ne sais rien.

– Va-t'en au diable, capitaine.

– Tu n'es pas le seul à vouloir m'envoyer au diable.

– Alors prends garde à toi – Saldaña remonta son manteau sur ses épaules, ses pistolets et toutes les armes qu'il portait sur lui tintèrent lugubrement. Cet homme dont je te parle cherche à savoir où tu t'es réfugié. Et il a recruté une demi-douzaine de braves pour te faire les tripes avant que tu n'aies le temps de dire ouf. L'homme s'appelle…

– Malatesta. Gualterio Malatesta.

Martín Saldaña rit encore dans sa barbe.

– Lui-même. Il est italien, je crois.

– Sicilien. Nous avons déjà travaillé ensemble. Ou plutôt nous avons commencé un travail… Et nous nous sommes rencontrés deux ou trois fois par la suite.

– Eh bien, tu ne lui as pas laissé un bon souvenir, morbleu. M'est avis qu'il t'en veut beaucoup.

– Que sais-tu d'autre sur lui ?

– Pas grand-chose. Il a de puissants protecteurs et il est compétent dans son métier de tueur. A ce qu'on dit, il aurait trucidé pas mal de gens à Gênes et à Naples. On raconte même qu'il y prend plaisir. Il a vécu quelque temps à Séville et il est à Madrid depuis à peu près un an... Si tu veux, je peux essayer de me renseigner.

Alatriste ne répondit pas. Ils étaient arrivés au bout du Prado d'Atocha et devant eux s'étendaient des jardins et des champs déserts. Au carrefour du chemin de Vallecas, ils restèrent un moment immobiles et silencieux à écouter le chant des grillons. Finalement, ce fut Saldaña qui ouvrit la bouche le premier.

– Fais attention dimanche, dit-il à voix basse, comme s'ils étaient entourés d'oreilles indiscrètes. Je ne voudrais pas être obligé de te mettre les fers. Ni de te tuer.

Le capitaine ne disait toujours rien. Drapé dans sa cape, son chapeau enfoncé jusqu'aux yeux, il ne faisait pas un geste. Saldaña soupira, avança de quelques pas, puis soupira encore et s'arrêta en lançant un juron d'une voix maussade.

– Écoute, Diego – comme Alatriste, il regardait les champs plongés dans le noir. Ni toi ni moi ne nous faisons trop d'illusions sur le monde dans lequel nous vivons... Je suis fatigué. J'ai une belle femme, je fais un travail qui me plaît et qui me permet de mettre de l'argent de côté. Alors, quand je suis de service, je ne connais plus personne, pas même mon père... Je peux parfaitement être fils de pute, c'est vrai ; mais je le suis pour mon compte. J'aimerais que tu...

– Tu parles trop, Martín.

Le capitaine avait prononcé ces mots d'une voix douce, détachée. Saldaña ôta son feutre et passa une de ses mains courtes et larges sur son crâne qui commençait à se dégarnir.

– Tu as raison. Je parle trop. Peut-être parce que je deviens vieux – et il soupira pour la troisième fois sans se retourner, écoutant les grillons. Nous vieillissons, capitaine. Toi et moi.

Dans le lointain, ils entendirent une horloge sonner. Alatriste était toujours immobile.

— Nous ne sommes plus que quelques-uns, dit-il.

— C'est vrai — le lieutenant d'alguazils se recoiffa, hésita quelques instants, puis se rapprocha du capitaine. Nous ne sommes plus que quelques-uns à pouvoir partager nos souvenirs et nos silences. Et nous ne sommes plus que l'ombre de ce que nous avons été.

Il se mit à siffloter tout bas un ancien air militaire qui parlait de tercios, d'attaques, de butin et de victoires. Ils l'avaient chanté ensemble, avec mon père et d'autres camarades, dix-huit ans plus tôt, lors du sac d'Ostende et de la marche vers la Frise, le long du Rhin, avec Don Ambrosio Spínola, quand les Espagnols avaient pris Oldensel et Linghen.

— Ce siècle ne mérite peut-être plus d'avoir des hommes comme nous... Je veux dire des hommes comme ceux que nous étions autrefois.

Il se retourna vers Alatriste qui hocha lentement la tête. Le croissant de lune faisait à leurs pieds une ombre vague et diffuse.

— C'est peut-être nous qui ne les méritons plus, murmura le capitaine.

IX

L'AUTODAFÉ

L'Espagne de Philippe IV, comme celle de ses prédécesseurs, raffolait de brûler les hérétiques et les judaïsants. Un autodafé attirait des milliers de personnes, depuis l'aristocratie jusqu'à la lie du peuple. A Madrid, le roi et la reine y assistaient de leur balcon d'honneur. Si jeune et si française, la reine Isabelle ne prisait guère ce genre de spectacle au début de son mariage. Mais elle finit par y prendre goût, comme tout le monde. La seule chose que la fille de Henri IV ne voulut jamais accepter, ce fut de vivre à l'Escorial – encore sous l'ombre illustre de Philippe II –, qu'elle trouva toujours trop froid, trop grand et trop sinistre à son goût. Pourtant, la Française devait quand même s'y ennuyer à titre posthume puisque, même si elle n'avait jamais voulu y mettre les pieds de son vivant, c'est là qu'elle fut enterrée. Et l'endroit n'est pas si mal choisi, à côté des imposantes sépultures de l'empereur Charles Quint et de son fils le grand Philippe II, grand-père de notre Philippe IV. Grâce auxquels, pour le meilleur et pour le pire, malgré le Turc, le Français, le Hollandais, l'Anglais et tous les autres enfants de putain, l'Espagne tint l'Europe et le monde par les couilles durant un siècle et demi.

Mais revenons à l'autodafé. Les préparatifs de la fête, où pour mon plus grand malheur j'avais ma place réservée, commencèrent deux jours plus tôt dans une grande confusion de charpentiers qui s'employèrent à construire une haute estrade, longue de cinquante pieds, bordée de gradins, décorée de tentures, de tapisseries et de damas. On n'avait pas vu autant d'industrie lors des noces de Sa Majesté le roi. On barra toutes les rues pour que les voitures et les chevaux ne gênent pas et l'on tendit un dais pour la famille royale sur le trottoir des Marchands, le plus abrité du soleil. Comme l'autodafé durait toute la journée, on installa aussi des étals pour ceux qui voudraient boire et se restaurer à l'ombre de grandes bâches. Pour la commodité des augustes spectateurs, il fut décidé qu'ils auraient accès à leurs loges par le palais du comte de Barajas, en empruntant le passage surélevé qui, au-dessus de la cave de San Miguel, communiquait avec les maisons que le comte avait sur la place. Le spectacle était si couru qu'on s'arrachait les billets qui donnaient droit à des places aux fenêtres. Ambassadeurs, grands d'Espagne, gentilshommes de la chambre du roi, présidents des conseils et même le nonce de Sa Sainteté qui n'aurait pas manqué une course de taureaux ou un bon bûcher, pas même pour une fumée blanche à Rome, avaient graissé la patte de l'alcade de la cour pour obtenir les meilleures places.

Au cours de cette journée qu'il voulait mémorable, le Saint-Office tenta de tuer plusieurs perdrix d'un seul coup d'escopette. Résolus à miner la politique de rapprochement du comte d'Olivares avec les banquiers juifs portugais, les inquisiteurs les plus radicaux du Conseil suprême avaient organisé un autodafé spectaculaire qui terroriserait ceux qui n'étaient pas trop sûrs de la pureté de leur sang. Le message était clair : ils avaient beau avoir de l'argent et compter sur l'appui du favori, les Portugais d'origine juive ne seraient jamais en sécurité en Espagne. L'Inquisition qui faisait toujours appel en dernière ressource à la conscience religieuse du roi – aussi peu résolu jeune que vieux, d'un naturel bonasse mais sans aucun caractère – préférait un pays ruiné mais intact dans sa foi. Elle finit par arriver à ses fins, avec les conséquences désastreuses qui en résultèrent pour les plans économiques d'Olivares. C'était la principale raison pour laquelle on avait mis tant de hâte à expédier l'affaire des bienheureuses adoratrices et d'autres causes semblables. Pour donner l'exemple. On régla ainsi en quelques semaines ce qui autrement aurait demandé des mois et même des années d'instruction minutieuse.

Pour faire vite, on simplifia jusqu'au protocole : les sentences qu'on lisait ordinairement aux condamnés la veille au soir après une solennelle procession des autorités qui portaient la croix verte destinée à la place et la blanche que l'on dressait sur le bûcher, seraient prononcées pendant l'autodafé, devant la foule rassemblée. Les prisonniers étaient arrivés la veille des geôles de Tolède. Ils étaient – nous étions – une vingtaine et on nous logea dans les cachots du Saint-Office, rue des Premostenses, surnommée la rue de l'Inquisition, tout près de la place de Santo Domingo.

J'arrivai ainsi dans la nuit du samedi, sans avoir pu dire un mot à personne depuis qu'on m'avait sorti de ma cellule et fait monter dans une voiture aux rideaux tirés, sous bonne escorte. Je n'en sortis que lorsqu'on m'en fit descendre à Madrid, à la lumière de torches, entouré de familiers armés de l'Inquisition. On m'expédia dans un nouveau cachot où je dînai passablement bien. Pourvu d'une couverture et d'une paillasse, je me préparai à passer une nuit incertaine qui ne fut que bruits de pas et de serrures de l'autre côté de la porte, de voix qui allaient et venaient. Je commençais à craindre fortement que le lendemain ne me réserve de dures épreuves et je me creusais la tête pour trouver dans les péripéties que j'avais vues au théâtre un moyen de m'en sortir, comme c'était toujours le cas à la comédie. J'étais sûr cependant, quelle que soit ma faute, que je ne serais pas brûlé, à cause de mon âge. Mais le fouet et la prison, peut-être à vie, étaient parfaitement possibles et je me demandais quelle serait pour moi la meilleure délivrance. Pourtant – prodige de la nature –, les bonnes humeurs de ma jeunesse, les privations passées et la fatigue du voyage eurent bientôt leur effet naturel et, après être resté longtemps éveillé, songeant sans cesse à mon triste sort, un sommeil compatissant et réparateur vint me soulager de mes inquiétudes.

Deux mille personnes avaient passé la nuit debout pour s'assurer d'une place. Dès sept heures du matin, la Plaza Mayor était bondée. Dissimulé dans la foule, le chapeau à large bord bien enfoncé sur la tête, un manteau court jeté sur l'épaule pour se cacher discrètement le bas du visage, Diego Alatriste se fraya un passage jusqu'aux arcades des Bouchers où se pressaient des gens de toutes conditions. Hidalgos, religieux, artisans, domestiques, commerçants, laquais, étudiants, vauriens et mendiants se poussaient pour mieux voir. Les fenêtres étaient noires de gens de qualité. Ce n'était que chaînes d'or, ornements d'argent, rouenneries, broderies à cent écus, habits et toisons d'or. En bas, des familles entières avec leurs enfants apportaient des paniers de victuailles et de rafraîchissements pour le déjeuner et le goûter, tandis que les marchands de boissons et de friandises se remplissaient les poches. Une vendeuse d'images pieuses criait sa marchandise qui, un jour comme celui-ci, assurait-elle, valait aux acheteurs la bénédiction du pape et l'indulgence plénière. Plus loin, un faux mutilé de Flandre qui n'avait jamais vu une pique de sa vie mendiait d'une voix plaintive tout en se disputant la place avec un faux infirme et un autre qui, pour faire croire qu'il avait la teigne, avait barbouillé de poix son crâne rasé. Les galants jacassaient, les putains putassaient. Deux femmes, l'une jolie et sans manteau, l'autre vilaine comme un pou et lourdement fardée, de celles qui jurent de ne pas faire relâche tant qu'elles n'auront pas séduit un grand d'Espagne ou un Génois, convainquaient un artisan qui se donnait des airs avec son épée de délier les cordons de sa bourse pour leur offrir des fruits et des dragées. Le pauvre homme, espérant une aventure, avait déjà lâché deux pièces et se félicitait intérieurement de ne pas avoir plus d'argent sur lui. Ignorant, l'imbécile, que les vrais messieurs ne donnent jamais rien ni avant ni après, et qu'ils s'en vantent.

La journée était belle pour le spectacle et le capitaine plissait ses yeux clairs éblouis par le bleu du ciel qui inondait les toits de la place. Il s'avança dans la foule en jouant des coudes, dans une odeur de sueur, de multitude et de fête. Il sentait grandir en lui un désespoir sans remède, impuissant qu'il était devant quelque chose qui dépassait ses forces. Cette machine

qui avançait inexorablement ne laissait place qu'à la résignation et à l'horreur. Il ne pouvait rien faire et lui-même n'était
pas en sécurité là où il se trouvait. Il avançait en se dissimulant
et s'éloignait dès que quelqu'un le regardait un peu plus qu'il
ne fallait. En fait, il changeait de place pour faire quelque
chose, pour ne pas rester collé à la colonne d'une arcade. Il
se demanda où diable pouvait bien être Don Francisco de
Quevedo dont le voyage, quels qu'en soient les résultats, était
l'ultime fil d'espoir face à l'inévitable. Un fil qu'il sentit se
rompre quand sonnèrent les clairons de la garde, ce qui le fit
se tourner vers la fenêtre recouverte d'un dais cramoisi de la
maison des Marchands. Applaudis par la foule, le roi, la reine
et la cour occupaient déjà leurs sièges : Philippe, habillé de
velours noir, grave, parfaitement immobile, aussi blond que la
passementerie d'or et la chaîne qui lui barraient la poitrine ;
notre reine, en satin jaune, coiffée d'une aigrette de plumes et
de bijoux. Au-dessous de la loge royale, les gardes avec leurs
hallebardes serraient les rangs, les Espagnols d'un côté, les
Allemands de l'autre, avec les archers au milieu, imposants
dans leur ordre impassible. Oui, le spectacle valait la peine
d'être vu pour qui ne courait aucun risque de monter sur le
bûcher. La croix verte était dressée sur l'estrade et les armes de
Sa Majesté et de l'Inquisition pendaient sur les façades : une
croix entre une épée et une branche d'olivier. Tout était rigou-
reusement en ordre. Le spectacle pouvait commencer.

Ils nous avaient fait sortir de nos cachots à six heures et
demie, entourés d'alguazils et de familiers du Saint-Office
armés d'épées, de piques et d'arquebuses, puis ils nous

avaient conduits en procession par la place de Santo Domingo pour descendre à San Ginés et, de là, après avoir traversé la Calle Mayor, entrer sur la place par la rue des Cordonniers. Nous marchions à la file, chacun de nous escorté de gardes armés et de familiers de l'Inquisition habillés de deuil, avec leurs sinistres bâtons noirs. Ce n'était que prêtres en surplis, cantiques lugubres, tambours funèbres et croix voilées, tandis que les gens nous regardaient passer dans les rues. Nous défilions au centre, d'abord les blasphémateurs, puis les bigames, derrière eux les sodomites, les judaïsants et les adeptes de la secte de Mahomet, et enfin ceux qui avaient été reconnus coupables de sorcellerie. Dans chaque groupe, on pouvait voir les images de cire, de carton et de chiffons de ceux qui étaient morts en prison ou qui avaient pris la fuite et que l'on allait brûler en effigie. Je me trouvais vers le milieu de la procession, parmi les judaïsants mineurs, tellement abasourdi que je me croyais en plein dans un rêve dont, avec un peu d'effort, j'allais me réveiller d'un moment à l'autre. Nous portions tous des san-benitos, espèces de longues chemises que les gardes nous avaient fait enfiler quand nous étions sortis de nos cachots. Le mien était marqué d'une croix de Saint-André rouge, mais d'autres étaient peints des flammes de l'enfer. Il y avait des hommes, des femmes et même une petite fille quasiment de mon âge. Certains pleuraient, d'autres restaient impassibles, comme ce jeune prêtre qui avait nié durant la messe que Dieu soit présent dans l'hostie consacrée et qui avait refusé de se rétracter. Deux prisonniers allaient à dos de mule : une vieille femme que ses voisins avaient dénoncée comme sorcière et qui ne pouvait se tenir debout à cause de son grand âge et un homme que la torture avait vilainement estropié. Ceux qu'on accusait des crimes les plus graves portaient la caroche et l'on nous avait mis à tous un cierge entre les mains. J'avais vu qu'Elvira de la Cruz portait le san-benito et la caroche quand on nous avait placés pour la procession. Elle se trouvait parmi les derniers condamnés. Par la suite, quand notre cortège s'ébranla, je la perdis de vue. Je marchais tête baissée, craignant de rencontrer une connaissance dans tous ces gens qui nous regardaient passer. Comme vous pouvez l'imaginer, j'étais mort de honte.

Quand la procession déboucha sur la place, le capitaine me chercha des yeux parmi les condamnés. Il me trouva enfin quand on nous fit monter sur l'estrade et prendre place sur les gradins, chacun de nous flanqué de deux familiers du Saint-Office. Même ainsi, il n'y parvint qu'avec difficulté, car je vous ai déjà dit que je gardais la tête baissée et que si la hauteur de l'estrade permettait à ceux qui étaient aux fenêtres d'avoir une bonne vue, elle gênait le peuple qui regardait le spectacle depuis les arcades. Les sentences n'avaient pas encore été rendues publiques et Alatriste se sentit infiniment soulagé de voir que je me trouvais dans le groupe des judaïsants mineurs et que je ne portais pas la caroche, ce qui au moins me vaudrait d'échapper au bûcher. Entre les alguazils de l'Inquisition, on pouvait voir aller et venir les habits noir et blanc des dominicains qui organisaient le spectacle. Les représentants des autres ordres – à l'exception des franciscains qui avaient mal pris qu'on veuille les faire asseoir derrière les augustins – occupaient déjà les places d'honneur avec l'alcade de la cour et les conseillers de Castille, d'Aragon, d'Italie, du Portugal, de Flandre et des Indes. Décharné et lugubre, le père Emilio Bocanegra accompagnait l'inquisiteur général dans l'endroit réservé au Tribunal des six juges. Il savourait son jour de triomphe, comme devait le faire Luis d'Alquézar dans la tribune des hauts fonctionnaires du palais, au pied du balcon où en ce moment précis Sa Majesté le roi jurait de défendre l'Église catholique, de pourchasser les hérétiques et de combattre les apostats ennemis de la vraie religion. Sévère, le comte d'Olivares occupait une loge plus discrète, à la droite de leurs augustes majestés. Tous ceux qui étaient dans les secrets de la cour savaient parfaitement que cette représentation était donnée en son honneur.

On commença à lire les sentences. Un par un, les condamnés étaient conduits devant le tribunal et là, après la minutieuse relation de leurs crimes et péchés, on leur annonçait le sort qui leur était réservé. Ceux qui étaient condamnés au fouet ou aux galères étaient ligotés avec des cordes. Ceux que l'on destinait au bûcher avaient les mains liées. Comme l'Inquisition était ecclésiastique, elle ne pouvait verser une goutte de sang et, pour sauvegarder les apparences, on disait donc que les condamnés au bûcher étaient relâchés, c'est-à-dire qu'ils étaient remis à la justice séculière pour qu'elle leur fasse subir leur peine. Même ainsi, on exécutait sur le bûcher, afin d'éviter jusqu'au bout toute effusion de sang. Je vous laisse le soin d'apprécier toute la subtilité du raisonnement.

Enfin. Ce furent ensuite les sermons, les sentences, les abjurations *de levi* et *de vehementi*, les cris d'angoisse de certains condamnés à des peines sévères, la résignation des autres, les exclamations de satisfaction du public quand on appliquait la plus grande rigueur. Le prêtre qui niait la présence de Dieu dans la sainte hostie fut condamné au bûcher, sous les applaudissements de la foule satisfaite. Après lui avoir brutalement griffé les mains, la langue et la tonsure pour signifier qu'il était dépouillé des saints ordres, on l'emmena au bûcher dressé sur l'esplanade qui se trouvait derrière la Porte d'Alcalá. La vieille femme accusée d'avoir pactisé avec le démon pour trouver des trésors fut condamnée à cent coups de fouet, avec en prime une peine de réclusion perpétuelle. Ses juges lui prêtaient une longue vie. Un bigame s'en tira avec deux cents coups de fouet, dix ans de bannissement et six mois de galères. Deux blasphémateurs écopèrent trois ans d'exil à Oran. Un cordonnier et sa femme, judaïsants repentis, la prison à perpétuité, à condition d'abjurer *de vehementi*. La petite de douze ans, judaïsante et repentie, fut condamnée à porter l'habit en prison pendant deux ans, après quoi elle serait placée dans une famille chrétienne qui lui enseignerait la vraie foi. Et sa sœur de seize ans, judaïsante, fut condamnée à la prison à perpétuité, sans possibilité de rémission. Elles avaient été dénoncées sous la torture par leur propre père, un tanneur portugais condamné à abjurer *de vehementi* et à être conduit au bûcher. C'était l'homme estropié que l'on avait amené à dos de mule. Quant à la mère, elle était en fuite et on allait la brûler en effigie.

A part le prêtre et le tanneur, furent également « relâchés » et envoyés au bûcher un commerçant et sa femme, eux aussi portugais, des judaïsants, un apprenti bijoutier – péché de sodomie –, et Elvira de la Cruz. Tous sauf le prêtre abjurèrent comme il se devait et donnèrent la preuve de leur repentir, ce qui allait leur valoir d'être charitablement étranglés avec le garrot avant qu'on n'allume le bûcher. La fille de Don Vicente de la Cruz – dont la grotesque effigie et celles de ses deux fils, le mort et le disparu, étaient fichées au bout de perches – portait le san-benito et la caroche. C'est dans cet appareil qu'elle fut conduite devant les juges qui lurent sa sentence. Elle avoua, comme on le lui demanda, toutes ses fautes passées et futures avec une indifférence terrifiante : judaïsante, conspiration criminelle, violation d'une enceinte sacrée et d'autres charges encore. Tête baissée, vêtue de sa robe qui pendait sur son corps torturé, elle semblait complètement abandonnée sur l'estrade. Après avoir abjuré, elle entendit confirmer la sentence avec une lassitude résignée. Elle me fit pitié, en dépit des accusations qu'elle avait formulées contre moi, ou qu'elle avait laissé formuler. Pauvre fille, chair bonne à supplicier, instrument aux mains de canailles sans scrupules et sans conscience, malgré leur Dieu et leur sainte foi dont ils faisaient étalage. Ils l'emmenèrent. Mon tour allait bientôt venir. J'étais terrorisé et mort de honte. Dans un vertige, la place se mit à tournoyer autour de moi. Désespéré, je cherchai des yeux le visage du capitaine Alatriste ou d'un ami qui puisse me réconforter, mais je n'en vis aucun autour de moi qui exprimât pitié ou sympathie. Seulement un mur de visages hostiles, moqueurs, impatients de la suite, sinistres. Le visage qu'adopte le misérable vulgaire quand on lui offre gratuitement le spectacle du sang.

Mais Alatriste me voyait. Adossé à une colonne sous les arcades, il apercevait les gradins où j'étais avec les autres condamnés, chacun de nous flanqué de deux alguazils muets comme des pierres. Avant moi dans ce rituel funeste, il y avait un barbier accusé d'avoir blasphémé et conclu un pacte avec le démon. Le petit homme à l'aspect misérable pleurnichait en se tenant la tête à deux mains, car personne n'allait lui épargner la centaine de coups de fouet et les quelques années de galères qui l'attendaient. Le capitaine se déplaça un peu dans la foule pour que je puisse l'apercevoir si je regardais dans sa direction, mais je ne voyais plus rien, plongé comme je l'étais dans les tourments de mon propre cauchemar. A côté d'Alatriste, un homme endimanché, grossier, riait à nos dépens en nous montrant du doigt. Il fit une plaisanterie sur moi. Le capitaine, habituellement si maître de lui-même, sentit grandir en lui la colère impuissante qu'il ressentait depuis quelques jours. Sans réfléchir, il se retourna légèrement vers l'homme et, comme par accident, lui donna un violent coup de coude au foie. Furieux, l'autre se retourna à son tour mais, apercevant entre le bord du chapeau et le col du manteau les yeux clairs de Diego Alatriste qui le regardaient avec une froideur menaçante, il ravala ses protestations et se fit muet comme une carpe et doux comme un agneau.

Alatriste s'éloigna de quelques pas, ce qui lui permit de mieux voir Luis d'Alquézar dans sa loge. Le secrétaire du roi se distinguait des autres fonctionnaires par la croix de l'ordre de Calatrava brodée sur sa poitrine. Il était vêtu de noir et gardait immobile sa tête ronde aux cheveux clairsemés sur sa collerette empesée qui lui donnait l'apparence grave d'une statue. Il roulait des yeux rusés, sans perdre un détail de ce qui se passait. Parfois, son regard mauvais croisait les yeux fanatiques du père Emilio Bocanegra. Les deux hommes semblaient s'entendre comme larrons en foire dans leur sinistre immobilité. Ils n'incarnaient que trop bien, à ce moment et dans ce lieu, les vrais pouvoirs de cette cour de fonctionnaires vénaux et de religieux fanatiques, sous le regard indifférent de Philippe IV qui voyait ses sujets condamnés au bûcher sans sourciller et se penchait de temps en temps vers la reine pour lui expliquer les détails du spectacle, en se dissimulant derrière un gant ou une de ses mains blanches aux veines bleutées. Galant, généreux, affable et faible, auguste jouet des uns et des autres, hiératique, les yeux toujours tournés vers le ciel de peur de voir ce qui se passait sur terre, incapable de soutenir sur ses royales épaules l'immense héritage de ses ancêtres, lui qui nous entraînait sur le chemin de l'abîme.

Mon sort était irrévocable et, si la place n'avait pas été pleine d'argousins, d'alguazils et de familiers de l'Inquisition, Diego Alatriste aurait peut-être tenté un coup héroïque et désespéré. Du moins je veux croire qu'il en aurait été ainsi si l'occasion s'était présentée. Mais tout était inutile et chaque instant qui passait nous était contraire. Même si Don Francisco de Quevedo arrivait à temps – et personne ne savait encore avec quoi –, dès que mes gardiens m'auraient fait mettre debout pour me conduire jusqu'à l'estrade où on lisait les sentences, pas même le roi ou le pape ne pourraient plus changer mon destin. Tourmenté par cette certitude, le capitaine se rendit compte tout à coup que Luis d'Alquézar le regardait. Pourtant Alatriste se dissimulait dans la foule et masquait son visage. Mais le fait est qu'Alquézar l'observait fixement. Puis le secrétaire du roi se tourna vers le père Emilio Bocanegra et celui-ci, comme répondant à un message, se mit à chercher quelque chose dans la foule. Ensuite, Alquézar leva lentement la main pour la poser sur sa poitrine, comme pour donner un ordre à quelqu'un dans la cohue, et ses yeux se fixèrent sur un point à gauche du capitaine ; lentement, la main monta et descendit deux fois, puis le secrétaire regarda de nouveau dans la direction du capitaine. Alatriste

se retourna et aperçut deux ou trois chapeaux qui s'approchaient sous les arcades, au milieu de la foule.

Son instinct de soldat lui dicta aussitôt ce qu'il devait
faire, avant qu'il n'ait le temps de réfléchir. Dans une foule
aussi dense, l'épée était inutile. Sa main se referma sur la dague
qu'il portait sous son manteau. Puis il recula pour se mêler
aux badauds. L'imminence du danger le rendait toujours plus
lucide, économe de ses gestes et de ses paroles. Il longea
la palissade et vit que les chapeaux s'arrêtaient, indécis, là
où il s'était trouvé un moment plus tôt. Il jeta un regard
vers la loge du secrétaire du roi. Luis d'Alquézar continuait à
l'observer, impatient, sans que son immobilité protocolaire
puisse dissimuler son irritation. Alatriste s'éloigna encore
davantage sous les arcades des Bouchers et vers l'autre bout
de la place, où il s'arrêta devant l'estrade. De là, il ne pouvait
me voir, mais il apercevait le profil d'Alquézar. Il fut heureux
de ne pas avoir d'armes à feu sur lui – elles étaient interdites
et, au milieu d'une telle foule, il aurait été dangereux d'en
porter une –, car il aurait eu du mal à s'empêcher de monter
sur l'estrade pour lui faire voler les testicules d'un coup de
pistolet. « Mais tu mourras », se promit-il intérieurement,
les yeux fixés sur le profil abject du secrétaire du roi. « Et
jusqu'au jour de ta mort, le souvenir de ma visite de l'autre
nuit t'empêchera de dormir tranquille. »

On avait fait monter sur l'estrade le barbier accusé de
blasphème et on commençait à lire la longue relation de son
crime et sa sentence. Alatriste croyait se souvenir que mon
tour viendrait après celui du barbier et il tentait de se frayer
un chemin pour s'avancer un peu plus et me voir, quand il
aperçut de nouveau les chapeaux qui s'approchaient dange-
reusement. Ces hommes étaient tenaces. L'un d'eux était

resté un peu en arrière, feignant de chercher quelque chose ailleurs. Mais deux autres – un feutre noir et un autre marron avec une longue plume – progressaient dans sa direction, fendant rapidement la foule. Alatriste n'avait d'autre choix que de se mettre en lieu sûr et il dut m'oublier pour rebrousser chemin sous les arcades. Dans la foule, il serait complètement impuissant et il suffirait que quelqu'un appelle le Saint-Office pour que tout le monde, badauds compris, se lance à ses trousses. Pourtant, il était à quelques pas du salut. Il y avait là une ruelle très étroite qui faisait deux coudes et débouchait sur la place de la Provincia. Les jours comme celui-ci, les gens l'utilisaient pour faire leurs besoins, malgré les croix et les saints que les voisins plaçaient dans toutes les encoignures pour dissuader les incontinents. Il se dirigea vers elle et, au moment d'entrer dans cet étroit passage où deux hommes n'auraient pu se croiser facilement, il vit en regardant derrière lui que deux individus sortaient de la foule, sur ses talons.

Il ne prit même pas le temps de les observer. Rapidement, il défit l'agrafe de son manteau qu'il doubla sur son bras gauche pour en faire un bouclier et il dégaina sa biscayenne de la main droite, terrorisant un pauvre homme qui soulageait sa vessie derrière la premier coude de la ruelle et qui s'enfuit à toute vitesse en refermant sa braguette. Sans lui prêter attention, Alatriste appuya une épaule contre le mur qui sentait l'urine et la crasse, comme le sol. Bel endroit pour se battre, pensa-t-il en se retournant, biscayenne à la main. Bel endroit, pardieu, pour s'en aller en enfer en bonne compagnie.

Le premier des hommes qui le poursuivaient arriva au coude de la ruelle, et dans ce sombre boyau Alatriste eut le temps de voir ses yeux atterrés quand ils découvrirent le scintillement de sa dague à nu. Il aperçut aussi une grande moustache et des favoris fournis de fier-à-bras pendant que, se penchant avec la rapidité de l'éclair, il coupait les jarrets du nouveau venu d'un seul coup de dague. Puis, dans le même mouvement, sa lame remonta et trancha la gorge de l'homme qui tomba à genoux, sans même avoir le temps de se recommander à la Sainte Vierge, tandis que sa vie s'enfuyait de sa gorge à gros bouillons rouges.

Celui qui venait derrière était Gualterio Malatesta. Dommage qu'il n'ait pas été le premier. Alatriste le reconnut dès qu'il aperçut sa noire et maigre silhouette. Dans sa hâte et surpris par cette rencontre inopinée, l'Italien n'eut pas le temps de dégainer. Il recula d'un bond, tandis que son compagnon tombait en travers de la ruelle. Le capitaine lui donna un coup de dague qui manqua son but de quelques pouces. La ruelle était trop étroite pour se battre à l'épée, si bien que Malatesta, s'abritant comme il pouvait derrière son compagnon moribond, dégaina sa biscayenne et, se couvrant de sa cape comme le faisait le capitaine, se mit à le serrer de très près. Les coups pleuvaient de part et d'autre. Les dagues déchiraient les manteaux, frappaient les murs, cherchaient furieusement l'ennemi. Ils se taisaient tous les deux, économisant leur souffle pour jurer et reprendre haleine. La surprise était encore visible dans les yeux de l'Italien – cette fois, ce fils à putain ne sifflotait plus son *tiruli-ta-ta* – quand la dague du capitaine s'enfonça mollement derrière le bouclier improvisé de la cape que l'autre tenait en l'air tandis qu'il lançait des coups bas, derrière son compagnon qui les séparait toujours, déjà chez le diable ou bien près de l'être. Le coup fit mal à l'Italien qui trébucha, Alatriste voulut fondre sur lui et la dague de Malatesta alla se perdre dans son pourpoint qu'elle taillada, faisant sauter boutons et brides de boutonnières. Les deux hommes s'empoignèrent, si près l'un de l'autre que le capitaine sentit sur ses yeux l'haleine de son ennemi avant qu'il ne lui crache au visage. Aveuglé, il ferma les yeux un instant, ce qui permit à l'autre de lui donner un bon coup de dague qui l'aurait transpercé de part en part s'il n'avait pas été dévié par la ceinture de cuir du capitaine. Le coup trancha cependant les vêtements et la chair d'Alatriste qui ressentit un frisson et une forte douleur quand la lame d'acier toucha l'os de sa hanche. Craignant de s'évanouir, il donna un coup avec le pommeau de sa biscayenne sur le visage de Malatesta et le sang se mit à couler sur le front de l'Italien, arrosant les cratères et les cicatrices de sa peau, poissant ses fines moustaches. Dans ses yeux fixes et opiniâtres comme ceux d'un serpent dansait maintenant une lueur de peur. Alatriste ramena son coude en arrière et l'abreuva de coups, frappant sa cape, son pourpoint, le vide, le mur et enfin, plusieurs fois, son adversaire. Malatesta poussa un grognement de douleur et de rage. Aveuglé par le sang, il donnait des coups de dague au hasard, d'autant plus dangereux qu'ils étaient moins prévisibles. Sans compter celle au front, il avait au moins trois blessures.

Ils se battirent ainsi pendant une éternité. Les deux hommes étaient épuisés et le capitaine souffrait de sa blessure à la hanche. Mais il prenait le dessus. Ce n'était plus qu'une question de temps et Malatesta, suffoquant de haine, se résignait à mourir en essayant d'emporter son ennemi avec lui.

L'idée ne lui serait pas passée par la tête de demander la vie sauve à Alatriste, qui d'ailleurs la lui aurait refusée. Ils étaient deux professionnels chevronnés, avares d'insultes et de mots inutiles, qui se donnaient des coups en veux-tu en voilà, du mieux qu'ils le pouvaient, consciencieusement.

C'est alors que le troisième homme fit son apparition au détour de la ruelle, vêtu lui aussi comme un bravache, avec barbe et baudrier, armé jusqu'aux dents. Il ouvrit des yeux grands comme des soucoupes quand il vit le spectacle : un homme en travers de la venelle, mort, deux qui continuaient à se battre à coups de dague, le sol couvert de sang qui se mêlait aux flaques d'urine. Après un moment de stupeur, il murmura un Doux Jésus, puis il empoigna sa dague. Mais il ne pouvait contourner Malatesta qui vacillait sur ses jambes et ne tenait debout qu'en s'appuyant au mur, ni enjamber son autre camarade pour attaquer le capitaine. De sorte que celui-ci, presque à bout de forces, parvint à se débarrasser de sa proie qui continuait à frapper dans le vide. Il lui donna un dernier coup et eut enfin la satisfaction d'entendre blasphémer en bon italien. Puis il lança son manteau sur la biscayenne de l'autre et s'enfuit vers la place de la Provincia, les poumons en feu.

Il sortit ainsi de la ruelle et s'arrêta pour remettre de l'ordre dans ses vêtements. Il avait perdu son chapeau dans la bagarre et ses vêtements étaient trempés du sang de ses adversaires, tandis que le sien dégouttait sous son pourpoint et ses grègues. Il dirigea ses pas vers l'église de Santa Cruz, la plus proche, au cas où il aurait besoin d'y chercher refuge. Il resta quelque temps devant la porte, assis sur les gradins, prêt à entrer à la moindre alarme. Sa hanche lui faisait mal. Il sortit son mouchoir de sa poche et, après avoir sondé la blessure avec deux doigts et constaté qu'elle n'était pas profonde, il la pansa. Personne ne sortit de la ruelle, personne ne fit attention à lui. Tout Madrid était au spectacle.

Mon tour et celui des malheureux qui me suivaient allaient bientôt venir. Le barbier accusé de blasphème fut condamné à quatre années de galères et à cent coups de fouet. Le malheureux se tordait les mains sur l'estrade, tête basse et pleurnichant, invoquant sa femme et ses quatre fils pour demander une clémence que personne n'allait lui accorder. De toute façon, il s'en tirait mieux que ceux qui en cet instant se dirigeaient vers le bûcher de la Porte d'Alcalá, coiffés de la caroche et à dos de mule. Avant la tombée du jour, ceux-là ne seraient plus que viande grillée.

J'étais le suivant et je ressentis tant de désespoir et de honte que je craignis que mes jambes se dérobent sous moi. La place, les loges remplies de gens, les tentures, les alguazils et les familiers du Saint-Office tournoyaient autour de moi, comme si j'avais le vertige. J'aurais voulu mourir là, sur-le-champ, sans autres formalités, sans plus d'espoir. Mais je savais que je n'allais pas mourir, que je recevrais une longue peine de prison et que j'irais peut-être aux galères quand j'aurais l'âge. Perspectives qui me paraissaient pires que la mort, au point que je me mis à envier le prêtre récalcitrant qui s'en allait au bûcher sans demander de clémence ni se rétracter. Il me paraissait alors plus facile de mourir que de continuer à vivre.

Ils en avaient fini avec le barbier et je vis que l'un des sévères inquisiteurs consultait ses papiers, puis me regardait.

Tout était fini. Je lançai un dernier coup d'œil à la loge d'honneur où le roi se penchait légèrement pour dire quelque chose à l'oreille de la reine qui me parut sourire. Ils parlaient sans doute de chasse, ou se disaient des mots doux, allez donc savoir, pendant qu'en bas les religieux s'en donnaient à cœur joie. Sous les arcades, la foule applaudissait la condamnation du barbier et se moquait éperdument de ses larmes. Elle se pourléchait les babines dans l'attente du prochain condamné. L'inquisiteur consulta de nouveau ses papiers, me regarda, se replongea dans sa lecture. Un soleil de plomb me brûlait les épaules sous mon san-benito. L'inquisiteur ramassa enfin ses feuillets et se dirigea lentement vers le lutrin, fat et satisfait, jouissant de l'expectative qu'il suscitait. Je regardai le père Emilio Bocanegra, immobile sur les gradins dans son sinistre habit noir et blanc, savourant sa victoire. Je regardai aussi Luis d'Alquézar dans sa loge, fourbe, cruel, avec la croix de l'ordre de Calatrava qu'il déshonorait en la portant sur sa poitrine. Au moins, me dis-je – et, pardieu, c'était mon unique consolation –, vous n'avez pas réussi à mettre la main sur le capitaine Alatriste.

L'inquisiteur était devant son lutrin, lent et cérémonieux, sur le point de prononcer mon nom. C'est alors qu'un gentilhomme vêtu de noir et couvert de poussière fit irruption dans la loge des secrétaires du roi. Il était en habit de voyage, avec de hautes bottes de cheval tachées de boue et des éperons. Il donnait l'impression d'un homme qui avait chevauché à bride abattue de relais en relais, sans prendre de repos. Il avait à la main un portefeuille de cuir et il s'en fut tout droit vers le secrétaire du roi. Je vis qu'ils échangeaient quelques mots et qu'Alquézar, prenant le portefeuille avec un geste d'impatience, l'ouvrait pour y jeter un coup d'œil.

Il regarda ensuite dans ma direction, puis dans celle du père Emilio Bocanegra, et de nouveau vers moi. C'est alors que le gentilhomme vêtu de noir se retourna à son tour et que je pus enfin le reconnaître. C'était Don Francisco de Quevedo.

X

LE RÈGLEMENT
DE COMPTES

Les bûchers brûlèrent toute la nuit. La foule resta très tard à la Porte d'Alcalá, même lorsque les condamnés ne furent plus que des os calcinés au milieu des flammèches et des cendres. Des bûchers rougeoyants montaient des colonnes de fumée rouge et grise qu'un coup de vent faisait parfois tournoyer, apportant jusqu'à la foule une odeur épaisse et âcre de bois et de chairs brûlés.

Tout Madrid était là, depuis les honnêtes femmes mariées, les graves hidalgos et les gens de bien jusqu'à la populace. Les gamins galopaient autour des braises en dépit des alguazils qui empêchaient la foule de trop s'approcher. Les marchands et les mendiants faisaient leurs choux gras. Et tous trouvaient le spectacle saint et édifiant – du moins l'affichaient-ils en public. Malheureuse Espagne, toujours prête à oublier ses mauvais gouvernements, la perte d'une flotte des Indes ou une déroute en Europe, avec une bruyante fête, un Te Deum ou quelques bons bûchers.

– Ce spectacle est répugnant, dit Don Francisco de Quevedo.

J'ai déjà dit que le grand satiriste était extrêmement catholique, comme le voulaient son siècle et sa patrie. Mais il tempérait sa foi par une vaste culture et une belle humanité. Cette nuit-là, il regardait le feu, immobile, sourcils froncés. La fatigue du voyage se lisait sur son visage et altérait le ton de sa voix ; une fatigue qui semblait vieille de plusieurs siècles.

– Pauvre Espagne, ajouta-t-il à voix basse.

Un des bûchers s'effondra dans un nuage d'étincelles et éclaira la silhouette immobile du capitaine Alatriste, à côté du poète. La foule se mit à applaudir. Une lueur rougeâtre illuminait au loin les murs des récollets augustins et, plus près, le pilori qui se dressait au carrefour des chemins de Vicálvaro et d'Alcalá où les deux amis se tenaient un peu à l'écart. Ils étaient là depuis le début, parlant à voix basse. Ils ne se turent que lorsque les fagots et le bois se mirent à crépiter sous le cadavre d'Elvira de la Cruz, après que le bourreau eut étranglé la pauvre novice en lui donnant trois tours de corde. De tous les condamnés, le seul à être brûlé vif fut le prêtre. Il résista presque jusqu'à la fin, refusant de se réconcilier avec le religieux qui l'assistait, serein lorsque les premières flammes s'élevèrent. Dommage qu'au moment où elles commencèrent à lui lécher les chevilles – on le fit brûler avec une pieuse lenteur pour lui donner le temps de se repentir –, il perdît son calme et se mît à pousser des cris atroces. Mais qui pourrait le lui reprocher ? Tout le monde n'est pas saint Laurent, que je sache.

Don Francisco et le capitaine Alatriste avaient beaucoup parlé de moi qui dormais à poings fermés, épuisé mais enfin libre, dans notre maison de la rue de l'Arquebuse, confié aux soins maternels de Caridad la Lebrijana, comme si j'avais besoin – ce qui était effectivement le cas – de faire de mes aventures de ces derniers jours un simple cauchemar. Pendant que les bûchers brûlaient, le poète avait raconté au capitaine les péripéties de son rapide et hasardeux voyage en Aragon.

La piste qu'avait donnée le favori du roi s'était révélée être de l'or pur. Ces quatre mots qu'avait écrits Don Gaspar de Guzmán au Prado – *Alquézar. Huesca. Livre vert* – contenaient ce qu'il fallait pour sauver ma vie et entraver les pieds du secrétaire du roi. Alquézar n'était pas seulement le nom de notre ennemi, mais aussi celui du village aragonais dans lequel il était né et où Don Francisco s'était rendu à bride abattue par le chemin royal – crevant sous lui un cheval à Medinaceli – dans sa tentative désespérée de gagner cette course contre le temps. Quant au livre vert, ou livre terrier, c'est ainsi qu'on appelait les catalogues, relations et registres familiaux qui se trouvaient entre les mains des particuliers ou des curés et qui servaient de preuves d'ascendance. Une fois arrivé à Alquézar, Don Francisco avait pu, grâce au prestige de son nom et à l'argent du comte de Guadalmedina, fureter dans les archives locales. C'est là qu'à sa grande surprise et pour son plus grand plaisir et soulagement, il avait trouvé confirmation de ce que le comte d'Olivares savait déjà grâce à ses espions particuliers : le sang de Luis d'Alquézar n'était pas pur, car dans sa généalogie apparaissait – comme pour la moitié de l'Espagne d'ailleurs – une branche juive que les documents disaient convertie à partir de l'an mille cinq cent trente-quatre. Ces ancêtres d'origine hébraïque auraient dû priver le secrétaire de son rang. Mais à une époque où jusqu'à la pureté du sang s'achetait à tant le grand-père, tout cela avait été opportunément oublié quand on avait réuni les preuves et documents nécessaires pour que Luis d'Alquézar accède à la charge de haut fonctionnaire à la cour. La supercherie était d'autant plus condamnable qu'il portait l'habit de chevalier de l'ordre de Calatrava et que celui-ci n'admettait dans ses rangs que des chrétiens de vieille souche dont les aïeux ne s'étaient jamais avilis en se livrant à des travaux manuels. La publication de cette nouvelle – un simple sonnet de Quevedo aurait suffi –, appuyée par le livre vert que le poète avait obtenu du curé d'Alquézar en échange d'un joli rouleau d'écus d'argent, pouvait déshonorer le secrétaire du roi, lui faire perdre son habit de l'ordre de Calatrava, sa charge à la cour et la majeure partie de ses privilèges de gentilhomme. Naturellement, l'Inquisition et le père Emilio Bocanegra, comme Olivares, étaient au courant. Mais dans un monde vénal, fait d'hypocrisie et de mensonge, les puissants, les vautours, les envieux, les poltrons et les canailles se serrent les coudes. Dieu Notre Seigneur les a tous créés et notre pauvre Espagne en eut toujours tout son comptant.

– Dommage que vous n'ayez pu voir sa tête, capitaine, quand je lui ai montré le livre vert – la voix couverte du poète trahissait sa fatigue ; il portait encore son habit de voyage poussiéreux et aux bottes ses éperons tachés de sang. Luis d'Alquézar est devenu plus blanc que les papiers que je lui ai mis entre les mains. Puis il est devenu tout rouge, et j'ai eu peur qu'il ne me fasse un coup de sang... Mais il fallait sortir Iñigo de là. Impatient, je me suis donc approché un peu plus et je lui ai dit : « Monsieur le secrétaire du roi, nous n'avons pas de temps à perdre en vaines palabres. Si vous ne sauvez pas le petit, vous êtes perdu... » Le fait est qu'il n'a même pas essayé de discuter. Le gredin avait compris, aussi clairement que nous devrons tous rendre un jour des comptes au Tout-Puissant.

C'était parfaitement vrai. Avant que le greffier ne prononce mon nom, et avec une diligence qui disait beaucoup en faveur de ses qualités de secrétaire du roi ou de ce qu'on voudra, Alquézar était sorti de sa loge comme une balle de mousquet et avait couru retrouver le père Emilio Bocanegra, stupéfait, avec qui il échangea rapidement quelques mots à voix très basse. Le visage du dominicain était passé successivement de la surprise à la colère et au dépit. Ses yeux vengeurs auraient foudroyé Don Francisco de Quevedo si celui-ci, épuisé par le voyage, tendu à cause du péril qui me menaçait encore, et décidé à aller jusqu'au bout, même s'il avait fallu le faire séance tenante et à grands cris, ne s'était pas moqué éperdument de tous les regards assassins du monde. Finalement, après s'être essuyé le front avec son mouchoir, de nouveau pâle comme si le barbier venait de le saigner consciencieusement, Alquézar était revenu lentement à la loge où attendait le poète. Par-dessus son épaule, Quevedo vit comment, plus loin en arrière, sur l'estrade des inquisiteurs, frémissant encore de dépit et de colère, le père Emilio Bocanegra appelait le greffier. Celui-ci, après avoir écouté respectueusement, prit le papier qu'il s'apprêtait à lire avec ma sentence et le mit à part, l'archivant à tout jamais.

Un autre bûcher s'effondra dans une gerbe d'étincelles qui retombèrent dans la noirceur, avivant la lueur qui éclairait les deux hommes. Diego Alatriste était immobile à côté du poète, regardant fixement les flammes. Sous le bord de son chapeau, sa forte moustache et son nez aquilin rendaient encore plus maigre son visage, hâve à cause de la fatigue de la journée et aussi de sa blessure toute fraîche à la hanche qui, sans être grave, le gênait.

– Dommage, murmura Don Francisco, que je ne sois pas arrivé à temps pour la sauver elle aussi.

Il montrait le bûcher le plus proche et semblait honteux du sort qu'on avait réservé à Elvira de la Cruz. Pas de lui-même, ni du capitaine, mais de tout ce qui avait amené jusque-là cette pauvre fille, en plus de détruire sa famille. Honteux, peut-être, de cette terre où il lui avait été donné de vivre : méchante, cruelle, éblouissante dans ses gestes de grandeur stérile, mais indolente et vile au quotidien. Sa droiture d'âme et sa stoïque résignation à la Sénèque, très sincèrement chrétienne, ne suffisaient pas à le consoler. Car être lucide et espagnol va depuis toujours de pair avec une grande amertume et bien peu d'espérance.

– Enfin, conclut Quevedo, c'était la volonté de Dieu.

Diego Alatriste ne lui répondit pas tout de suite. Volonté de Dieu ou du diable, il se taisait et regardait les bûchers et les silhouettes des argousins et des curieux qui se découpaient sur un fond sinistre de flammes. Il n'avait pas encore voulu aller me voir rue de l'Arquebuse, bien que Quevedo puis Martín Saldaña, qu'ils allèrent chercher dans l'après-midi, lui aient dit qu'il n'avait rien à craindre pour le moment. Tout semblait s'être arrangé avec tant de discrétion qu'on ne parla même pas du malandrin occis dans la ruelle. Quant à Gualterio Malatesta, il semblait s'être volatilisé. A peine sa blessure pansée dans la boutique de Fadrique le Borgne, Alatriste s'était dirigé avec Quevedo vers le bûcher de la Porte d'Alcalá. Et il y resta avec le poète jusqu'à ce qu'Elvira de la Cruz ne soit plus que cendres et os noircis sur les braises de son bûcher. Un instant, parmi la foule, le capitaine crut reconnaître l'ombre fantomatique du fils aîné, Jerónimo de la Cruz, unique survivant de la famille décimée. Mais l'obscurité et le va-et-vient des curieux s'étaient aussitôt refermés sur lui qui couvrait le bas de son visage, si c'était bien lui.

– Non, dit enfin Alatriste.

Il avait tellement tardé à parler que Don Francisco n'attendait déjà plus de réponse. Il regarda le capitaine, surpris, cherchant à comprendre ce qu'il voulait dire. Mais le capitaine continuait à regarder le feu, impassible. Et ce n'est que plus tard, au bout d'un autre long silence, qu'il se retourna lentement vers Quevedo :

– Dieu n'a rien à voir avec ça.

A la différence des besicles du poète, ses yeux clairs ne reflétaient pas la lumière des bûchers et ressemblaient plutôt à deux flaques d'eau gelée. Les dernières flammes faisaient danser des ombres et des lueurs rougeâtres sur son profil taciturne, affilé comme la lame d'un couteau.

Je faisais semblant de dormir. Caridad la Lebrijana était assise au chevet du lit où je m'étais couché après avoir dîné et pris un bain chaud dans un baquet de la taverne. Elle veillait sur mon repos tout en reprisant à la lumière d'une chandelle le linge de corps du capitaine. Je fermais les yeux, jouissant de la tiédeur du lit, dans un heureux demi-sommeil qui me permettait de ne pas répondre aux questions ni de parler de ma récente aventure dont le seul souvenir – je ne pouvais pas oublier cet infâme san-benito – me rongeait encore de honte.

La chaleur des draps, la bienveillante compagnie de la Lebrijana, me savoir à nouveau entouré d'amis et surtout la possibilité de rester tranquille, les yeux fermés, tandis que le monde tournait, oublié de moi, me plongèrent dans une léthargie proche de la félicité, d'autant plus que personne dans ma prison n'avait pu m'arracher un mot qui puisse incriminer Diego Alatriste.

Je n'ouvris pas davantage les yeux quand j'entendis ses pas dans l'escalier, pas même lorsque, étouffant une exclamation, la Lebrijana jeta à terre son ouvrage et se précipita dans ses bras. J'entendis leur conversation étouffée, les baisers sonores de la tenancière, le murmure de protestation du capitaine, de nouveaux chuchotements et finalement le bruit de la porte qui se refermait et de pas qui descendaient l'escalier. Je croyais être resté seul lorsque, après un long silence, les bottes du capitaine résonnèrent à nouveau sur le sol, s'approchant de mon lit jusqu'à s'arrêter à côté de moi.

Je faillis ouvrir les yeux, mais je ne le fis point. Je savais qu'il m'avait vu sur la place parmi les condamnés, couvert de honte. Il ne pouvait pas oublier non plus que, pour lui avoir désobéi, je m'étais fait prendre comme une linotte, la nuit de l'attaque du couvent des bienheureuses adoratrices. Bref, je ne me sentais pas assez fort pour affronter ses questions ou ses reproches, pas même le silence de son regard. Je restai donc immobile, respirant régulièrement pour lui faire croire que j'étais endormi.

Un long moment passa. Il m'observait sans doute à la lumière de la chandelle que la Lebrijana avait laissée allumée. On n'entendait aucun bruit, pas même son souffle, rien. Au moment où je commençais à douter de sa présence, je sentis le contact de sa main, sa paume rude qui se posa un

moment sur mon front avec une tendresse chaude, inespérée.
Il la laissa ainsi quelque temps, puis la retira brusquement.
Les pas s'éloignèrent de nouveau et j'entendis le bruit du
placard qui s'ouvrait, le choc d'un verre et d'une carafe de
vin, une chaise qu'on tire.

J'entrouvris les yeux, avec précaution. Dans la faible
lumière de la chambre, je vis que le capitaine s'était débar-
rassé de sa journée, de son pourpoint et de son épée. Assis à
la table, il buvait en silence. Le vin glougloutait de temps en
temps quand il remplissait son verre. Alatriste buvait lentement, méthodiquement, comme s'il n'avait rien d'autre à
faire dans ce monde. La lumière jaunâtre de la chandelle
éclairait la tache claire de sa chemise, les traits de son visage,
ses cheveux courts, une pointe dressée de sa moustache de
soldat. Silencieux et immobile, sauf pour boire, il avait laissé
la fenêtre ouverte et l'on devinait dans les ténèbres les cheminées et les toits voisins. Une étoile solitaire brillait dans le ciel,
immobile, silencieuse et froide. Alatriste avait les yeux rivés
sur l'obscurité, sur le vide ou sur ses propres fantômes vaguant
dans la pénombre. Je connaissais bien son regard quand le
vin le troublait et j'étais capable de l'imaginer sans peine en
ce moment : glauque, absent. A sa ceinture, le bandage était
trempé et une tache de sang grandissait très lentement, tei-
gnant de rouge sa chemise blanche. Il semblait aussi résigné
et seul que l'étoile qui scintillait dehors, dans la nuit.

Deux jours plus tard, le soleil brillait dans la rue de
Tolède et le monde était de nouveau vaste et rempli d'espé-
rances. La vigueur de ma jeunesse bondissait dans mes

veines. Assis à la porte de la Taverne du Turc, m'exerçant à la calligraphie avec l'écritoire que le licencié Calzas continuait à m'apporter de la place de la Provincia, je voyais la vie avec cet optimisme et cette promptitude à reprendre le dessus que donnent la santé et la jeunesse après un malheur. De temps en temps, je levais les yeux vers les commères qui vendaient des légumes de l'autre côté de la rue, les poules qui picoraient les ordures ou les galopins qui se poursuivaient entre les montures et les voitures. J'écoutais la rumeur des conversations dans la taverne. Bref, j'étais le garçon le plus satisfait du monde. Et même les vers que je copiais me paraissaient être les plus beaux qui aient jamais été écrits :

Elle fermera mes yeux jusqu'au bout de la nuit
cette ultime lueur qui m'emporte le jour,
et mon âme pourra dénouer sans détour
une heure de bonheur à son anxieux désir...

Ils étaient de Don Francisco de Quevedo et ils me parurent si beaux quand je les lui entendis réciter sans façon, entre deux gorgées de San Martín de Valdeiglesias, que je n'hésitai pas un instant à lui demander la permission de les recopier de ma plus belle écriture. Don Francisco était dans la taverne avec le capitaine et les autres habitués : le licencié Calzas, le père Pérez, Juan Vicuña et Fadrique le Borgne, fêtant avec plusieurs pichets de bon vin, des saucisses et du lièvre la fin heureuse de cette vilaine affaire dont personne ne voulait parler mais que tous avaient à l'esprit. L'un après l'autre, ils m'avaient caressé les cheveux ou donné une tape amicale en entrant. Don Francisco vint avec un Plutarque pour que je pratique la lecture, le père Pérez un rosaire en argent, Juan Vicuña une boucle de bronze qu'il avait portée en Flandre et Fadrique le Borgne – qui était plutôt de la confrérie des pingres – avec une once d'une certaine composition de son cru, parfaite, disait-il, pour épaissir le sang et rendre ses couleurs à un tout jeune homme qui avait connu récemment tant d'épreuves. J'étais donc le garçon le plus fier et le plus heureux d'Espagne quand, trempant l'une des bonnes plumes d'oie du licencié Calzas, je continuais à copier :

Mais cette autre part jamais de cette rive
laissera la mémoire, là où elle brûlait :
Ma flamme sur l'eau fraîche nagera à jamais,
insolente elle ne craint que la loi la poursuive...

J'en étais rendu à ce vers lorsque, levant les yeux une fois de plus, ma main resta en suspens et une goutte d'encre tomba sur le papier comme une larme. Une voiture familière s'approchait dans la rue de Tolède, noire, sans armoiries sur la portière, avec un sévère cocher derrière ses deux mules. Lentement, comme si je me trouvais perdu dans un rêve, je laissai de côté papier, plume, encrier et sablier. Je me levai, puis restai aussi immobile que si la voiture avait été une apparition qu'un geste mal calculé de ma part aurait pu chasser. La voiture arriva à ma hauteur et je vis à la fenêtre ouverte une main blanche et parfaite, puis les boucles blondes et les yeux couleur des ciels de Diego Velázquez de la petite fille qui avait bien failli m'envoyer au bûcher. Tandis que la voiture passait devant la Taverne du Turc, Angélica d'Alquézar me regarda fixement, d'une manière qui, je le jure devant Dieu, me donna des frissons le long de la colonne vertébrale et fit s'arrêter mon cœur qui battait à grands coups, comme ensorcelé. Sans réfléchir, je posai la main sur mon cœur, regrettant sincèrement de ne plus porter la chaîne en or et le talisman qu'elle m'avait donnés pour me faire condamner à mort. Si le Saint-Office ne me les avait pas arrachés, je jure par le sang du Christ que j'aurais continué à les porter au cou avec l'orgueil d'un amoureux.

Angélica comprit mon geste. Car son sourire, cette moue diabolique que j'adorais, éclaira sa bouche. Puis elle frôla ses lèvres du bout de ses doigts, comme pour m'envoyer un baiser. Et la rue de Tolède, et Madrid, et la terre entière se transformèrent en une délicieuse harmonie qui me donna l'ivresse d'être vivant.

Je restai immobile longtemps après que la voiture eut disparu au fond de la rue. Puis, prenant une plume neuve, je la lissai sur mon pourpoint et terminai de copier le sonnet de Don Francisco :

> *Ame à qui tout un dieu a été la prison,*
> *veines qui ont nourri l'intense flamboiement,*
> *humeurs qui ont brûlé aussi glorieusement,*
> *vous laisserez son corps, mais non son attention ;*
> *car cendres vous serez quoique avec sentiment*
> *et si poussière donc, poussière d'un amant.*

La nuit tombait, mais il y avait encore assez de jour pour qu'il ne soit pas nécessaire de faire de la lumière. L'Auberge du Lansquenet se trouvait dans une rue sale et puante, bien mal nommée la rue du Printemps, près de la fontaine du Lave-pieds où se trouvaient les plus misérables tavernes, gargotes et bordels de Madrid. Des cordes à linge traversaient la

rue et l'on entendait par les fenêtres les discussions entre
voisins et les pleurs des enfants. Dans l'entrée s'amoncelait
du crottin et Diego Alatriste dut faire attention à ne pas salir
ses brodequins quand il entra dans la cour où une charrette
démantibulée, privée de roues, reposait sur ses essieux posés
sur des pierres. Il jeta un bref coup d'œil autour de lui, puis il
prit l'escalier. Après avoir monté une trentaine de marches
et croisé quatre ou cinq chats qui filèrent entre ses jambes, il
arriva au dernier étage sans être inquiété. Une fois rendu sur
le palier, il se mit à examiner les portes de la galerie. Si
les informations de Martín Saldaña étaient justes, il s'agissait
de la dernière sur la droite, juste dans l'angle du corridor.
Il s'avança vers elle aussi silencieusement que possible, en
même temps qu'il ramenait sur lui la cape qui dissimulait
son gilet de buffle et son pistolet. Des pigeons roucoulaient
sous le toit, seul bruit qu'on entendait dans cette partie de
la maison. De l'étage d'en bas montait un fumet de ragoût.
Une servante chantonnait quelque part. Alatriste s'arrêta,
chercha des yeux par où il pourrait battre en retraite si c'était
nécessaire, s'assura que son épée et sa dague étaient bien
là où il fallait, puis il sortit son pistolet de sous son ceinturon
et, après avoir vérifié l'amorce, souleva le chien avec son
pouce. L'heure était venue de régler les comptes. Il lissa sa
moustache avec deux doigts, dégrafa sa cape, puis ouvrit
la porte.

C'était une chambre misérable. Elle sentait le renfermé
et la solitude. Quelques cafards déjà levés couraient sur la
table parmi les restes de nourriture, comme des pillards après
une bataille. Il y avait deux bouteilles vides, une cruche d'eau
et des verres ébréchés, des vêtements sales sur une chaise, un
pot de chambre à moitié plein par terre, un pourpoint, une

cape et un chapeau noirs accrochés au mur. Et aussi un lit, avec une épée sur l'oreiller. Dans ce lit se trouvait Gualterio Malatesta.

Si l'Italien avait fait le moindre geste de surprise ou de menace, Alatriste l'aurait sûrement expédié dans l'autre monde sans autre préambule avec son pistolet, à bout portant. Mais Malatesta regarda fixement la porte comme s'il avait du mal à reconnaître l'homme qui venait d'entrer. Sa main droite ne bougea pas d'un pouce dans la direction du pistolet armé qu'il avait posé sur ses draps. Appuyé sur un oreiller, il avait assez triste mine, ce qui rendait encore plus patibulaire que de coutume son visage émacié par la souffrance et une barbe de trois jours : les sourcils enflés par une plaie mal refermée, un pansement sale sous la joue gauche, les mains et le visage gris comme cendre. Son torse nu était couvert de bandages imprégnés de sang séché et dans les taches brunes qui s'étalaient sur eux, Alatriste compta au moins trois blessures. Le sicaire n'avait pas eu le beau rôle dans l'escarmouche de la ruelle.

Son pistolet braqué sur lui, le capitaine ferma la porte et s'approcha du lit. Malatesta semblait l'avoir enfin reconnu, car son regard brillant et fiévreux s'était durci. Sa main s'efforçait faiblement d'empoigner le pistolet. Alatriste lui mit le canon du sien à deux pouces de la tête, mais l'ennemi était trop épuisé pour lutter. Il avait certainement perdu beaucoup de sang. Comprenant l'inutilité de ses efforts, il se contenta donc de redresser sa tête qui était enfoncée dans l'oreiller et, sous la moustache à l'italienne, bien mal soignée à présent, apparut le trait blanc du dangereux sourire que le capitaine avait appris à connaître à ses dépens. Fatigué, il est vrai. Crispé dans un rictus de douleur. Mais c'était bien la grimace avec laquelle Gualterio Malatesta paraissait toujours prêt à vivre ou à descendre aux enfers.

– Tiens donc, mais si ce n'est pas le capitaine Alatriste… murmura-t-il.

Il avait parlé d'une voix faible et voilée, mais en articulant bien les mots. Ses yeux noirs et fébriles étaient rivés sur le capitaine, indifférents au canon du pistolet qui le tenait en joue.

– A ce que je vois, continua l'Italien, vous avez la charité de visiter les malades.

Il rit doucement. Le capitaine soutint un moment son regard, puis écarta son pistolet, sans lâcher le chien.

– Je suis bon catholique, répondit-il, moqueur.

En entendant cette réponse, Malatesta partit d'un petit rire grinçant qui s'éteignit dans une quinte de toux.

– C'est ce qu'on dit, fit-il quand il eut retrouvé son souffle. C'est ce qu'on dit… Quoique, ces derniers jours, vous ayez eu des hauts et des bas.

Il continua quelque temps à soutenir le regard du capitaine, puis, de la main qui n'avait pas été capable d'empoigner le pistolet, il montra le pichet posé sur la table.

– Auriez-vous l'obligeance de me donner un peu d'eau ?… Ainsi vous pourrez vous vanter d'avoir aussi donné à boire à ceux qui ont soif.

Après un instant de réflexion, Alatriste s'avança lentement vers la cruche et s'en saisit, sans quitter des yeux son ennemi. Malatesta but deux longs traits en l'observant par-dessus le pichet.

– Ainsi vous venez donc me tuer, reprit-il. Ou peut-être espérez-vous que je vous conte les détails de vos dernières aventures ?

Il avait posé la cruche à côté de lui et s'essuyait faiblement la bouche du revers de la main. Son sourire était celui d'un serpent pris au piège : dangereux jusqu'au dernier souffle.

– Je n'ai pas besoin que vous me racontiez quoi que ce soit – Alatriste avait haussé les épaules. Tout est parfaitement clair : le piège du couvent, Luis d'Alquézar, l'Inquisition... Tout.

– Diable. Alors vous venez simplement me tuer, sans autre forme de procès.

– Oui.

Malatesta semblait réfléchir. La situation ne lui paraissait guère prometteuse.

– De ne rien avoir de neuf à vous dire, conclut-il, va donc abréger ma vie.

– Plus ou moins – c'était maintenant au tour du capitaine d'afficher un sourire dur et menaçant. Mais je vous ferai l'honneur de considérer que vous n'êtes pas porté aux bavardages inutiles.

Malatesta soupira et changea péniblement de position en tâtant ses pansements.

– Trop aimable de votre part – dit-il, résigné, en montrant l'épée qui pendait au-dessus de son oreiller. Dommage que je ne puisse vous rendre la pareille en vous épargnant d'avoir à me tuer dans mon lit, comme un chien... Vous avez bien ferraillé l'autre jour, dans cette maudite ruelle.

Il bougea encore pour trouver une meilleure position. En ce moment, il ne semblait pas avoir plus de rancune envers Alatriste que celle que requérait son métier. Mais ses yeux noirs et fébriles étaient toujours alertes.

– J'y pense... On dit que le petit a sauvé sa peau. Est-ce vrai ?

– Oui.

Le sourire du sicaire s'élargit.

– J'en suis heureux, ma parole. C'est un brave garçon.
Vous auriez dû le voir la nuit du couvent, quand il essayait
de me tenir en respect avec une dague... Qu'on me pende si
j'ai trouvé plaisir à le conduire à Tolède, moins encore
sachant ce qui l'attendait. Mais vous savez comment sont les
choses. Celui qui paye commande.

Son sourire était redevenu railleur. Il regardait parfois en
coulisse le pistolet toujours posé sur les draps et le capitaine
n'eut pas le moindre doute qu'il s'en serait servi s'il en avait
eu l'occasion.

– Vous êtes, dit Alatriste, un fils à putain et un coquin.

L'autre le regarda avec une surprise qui paraissait sincère.

– Pardieu, capitaine Alatriste. A vous entendre, vous
seriez devenu une vraie sœur clarisse.

Il y eut un silence. Le doigt toujours posé sur le chien
de son pistolet, le capitaine regarda longuement autour de
lui. La chambre de Gualterio Malatesta lui rappelait trop la
sienne pour qu'il puisse rester indifférent. Et d'une certaine
manière, l'Italien avait raison. Ils n'étaient pas si éloignés l'un
de l'autre.

– Vous ne pouvez vraiment pas sortir de ce lit ?

– Je vous jure que non... – Malatesta le regardait maintenant avec une attention renouvelée. Qu'est-ce qui vous
arrive ?... Vous cherchez un prétexte ? – son sourire s'élargit
de nouveau, blanc et cruel. Si cela peut vous aider, je peux
vous parler de ceux que j'ai expédiés dans l'autre monde, sans
leur donner le temps de faire leurs dernières prières... Éveillés
ou endormis, de face ou de dos, et plus souvent de dos.

N'ayez pas de scrupules – le sourire céda la place à un petit rire étouffé, grinçant, méchant. Nous faisons tous les deux le même métier.

Alatriste regardait l'épée de son ennemi. La coquille portait autant de marques de coups que la sienne. Tout est hasard, se dit-il. Tout dépend de la façon dont tombent les dés.

– Je vous serais très reconnaissant, proposa-t-il, d'essayer de vous saisir du pistolet ou de cette épée.

Malatesta le regarda fixement avant de secouer lentement la tête.

– Pas question. Je suis peut-être en charpie, mais je ne suis pas un imbécile. Si vous voulez me tuer, appuyez sur ce chien et qu'on en finisse… Avec un peu de chance, j'arriverai en enfer pour le dîner.

– Je n'ai pas l'âme d'un bourreau.

– Alors, de l'air. Je suis trop faible pour discuter.

Il laissa retomber sa tête sur son oreiller, ferma les yeux en sifflotant son *tiruli-ta-ta*, comme s'il se désintéressait de son sort. Alatriste demeurait debout, pistolet à la main. Par la fenêtre, il entendit l'horloge d'une église sonner au loin. Malatesta cessa de siffloter. Il se passa la main sur ses sourcils enflés, sur son visage grêlé par la petite vérole et les cicatrices, puis il regarda de nouveau le capitaine.

– Et quoi ?… Vous vous décidez ?

Alatriste ne répondit pas. La situation commençait à friser le grotesque. Lope de Vega lui-même n'aurait pas osé représenter une telle scène, de peur de se faire siffler par les mousquetaires du cordonnier Tabarca. Le capitaine s'approcha du lit, les yeux fixés sur les blessures de son ennemi. Elles puaient et avaient fort vilaine apparence.

— Ne vous faites pas d'illusions, dit Malatesta, croyant lire dans ses pensées. Je m'en sortirai. Nous autres, gens de Palerme, nous sommes coriaces. Alors finissez-en une bonne fois, foutre Dieu.

Il voulait le tuer. Sans aucun doute. Diego Alatriste voulait tuer cette dangereuse canaille qui avait tellement menacé sa vie et celle de ses amis. Lui laisser la vie sauve serait aussi suicidaire que de laisser un serpent venimeux dans la chambre où l'on compte passer la nuit. Il voulait et il devait tuer Gualterio Malatesta, mais pas de cette manière, sinon les armes à la main et face à face, écoutant son souffle pendant la lutte, puis le râle de son agonie. C'est alors qu'il se dit que rien ne pressait, que tout pouvait très bien attendre. En fin de compte, l'Italien avait beau dire, ils n'étaient pas exactement semblables. Peut-être l'étaient-ils devant Dieu, devant le diable ou devant les hommes. Mais pas dans leur for intérieur ni dans leur conscience. Égaux en tout, sauf dans la manière de voir les dés sur le tapis. Égaux, si ce n'est que Malatesta aurait déjà tué depuis longtemps Diego Alatriste s'il s'était trouvé à sa place, alors que le capitaine restait là, l'épée dans son fourreau, le doigt indécis posé sur le chien de son pistolet.

Tout à coup, la porte s'ouvrit sur une femme encore jeune, vêtue d'une blouse et d'une méchante basquine grise. Elle apportait des draps propres dans un panier et une dame-jeanne de vin. Quand elle vit l'intrus, elle étouffa un cri et lança un regard d'épouvante à Malatesta. La dame-jeanne tomba à ses pieds et se cassa dans sa clisse d'osier. Terrorisée, la femme était incapable de bouger ou de dire un mot. Diego Alatriste comprit aussitôt que cette peur n'était pas pour elle-même, mais pour cet homme grièvement blessé allongé dans ce lit. Après tout, se dit-il avec un sourire intérieur, même les serpents ont besoin de compagnie. Et ils s'accouplent.

Il observa calmement la femme. Elle était mince et vulgaire. Malgré sa jeunesse, elle semblait fatiguée, avec des cernes autour des yeux que seule une certaine sorte de vie peut donner. Pardieu, elle n'était pas sans lui rappeler Caridad la Lebrijana. Le capitaine regarda le vin de la dame-jeanne brisée qui se répandait comme du sang sur les carreaux. Puis il pencha la tête, désarma précautionneusement le chien de son pistolet qu'il glissa sous son ceinturon. Ses gestes étaient lents, comme s'il craignait d'oublier quelque chose ou comme s'il avait la tête ailleurs. Puis, sans dire un mot ni se retourner, il écarta doucement la femme et sortit de cette chambre qui sentait la solitude et la défaite, si semblable à la sienne et à ces lieux qu'il avait connus tout au long de sa vie.

Arrivé sur la galerie, il agrafa sa cape et se mit à rire en descendant l'escalier qui menait à la rue. Comme Malatesta avait ri un jour près de l'Alcázar, sous la pluie, quand il était venu prendre congé de moi après l'aventure des deux Anglais. Et son rire, comme celui de Malatesta, continua à résonner derrière lui longtemps après qu'il eut disparu.

ÉPILOGUE

« *A ce qu'il paraît, la guerre reprend en Flandre et la plupart des officiers et soldats qui étaient à Madrid ont décidé de rejoindre les armées, voyant la mauvaise situation qui est ici la leur et attirés par les occasions de butins et bénéfices. Il y a quatre jours que le Tercio Viejo de Carthagène est parti avec ses tambours et ses drapeaux, lequel, comme vous le savez sans doute, fut reformé après avoir été décimé il y a deux ans dans la terrible journée de Fleurus. Ce sont presque tous des vétérans et on attend de grands succès dans les provinces rebelles.*

Par ailleurs, hier lundi est mort de façon mystérieuse l'aumônier des bienheureuses adoratrices, le père Juan Coroado. Ce prêtre bien fait de sa personne, réputé pour son éloquence en chaire, était issu d'une famille portugaise bien connue. On rapporte qu'alors qu'il se trouvait à la porte de sa paroisse, un jeune homme qui se dissimulait le visage vint à lui et, sans mot dire, le transperça d'un coup d'épée. On parle d'affaires galantes ou de vengeances. Le tueur n'a pas été retrouvé. »

(Extrait des *Avisos* de José Pellicer)

EXTRAITS DU

FLORILÈGE DE POÉSIE DE DIVERS BEAUX ESPRITS DE CETTE VILLE

Imprimé du XVIIᵉ siècle, sans mention d'imprimeur, conservé dans la section « Comté de Guadalmedina » des Archives et Bibliothèque des Ducs del Nuevo Extremo (Séville)

AU CAPITAINE ALATRISTE

⇜ Sonnet ⇝

 ue chroniqueurs et poètes, voire Homère,
De toi, soldat, l'exploit et la mémoire chantent,
Pour que tes ennemis encore s'épouvantent
Au souvenir cuisant de l'éclat de ton fer.

A Breda et Ostende, de Maastricht et d'Anvers,
    Tout fut théâtre de ton héroïque geste,
    Car des armes toujours tu sais être immodeste
    Quand pour servir le Roi ton devoir persévère.

Tantôt les luthériens, les Flamands insurgés,
    Tantôt les Turcs, ou les léopards d'Angleterre,
    Tous ont éprouvé de ton brio les effets.

Je veux que proclament donc les cieux et la terre
    Les prouesses de ton bras, hauts faits circonspects
    du Capitaine Alatriste, foudre de guerre!

À CERTAIN CLERC SOLLICITEUR
FORT APPLAUDI À LA COUR

⌒ Dizain ⌒

 vous, non révérend

Mais vénérien curé,

Il n'est bigote ancrée

Que vous n'alliez baisant;

Votre dard courtisan

Sera empanaché

D'être partout fiché

Sans cesser d'être ardent,

Car il n'est con réduit

Qu'il n'ait jamais béni.

CONTRE LE LIEUTENANT D'ALGUAZILS
MARTÍN SALDAÑA

⬭ Dizain ⬭

eigneur Saldaña, par ma foi,
　　　Bien qu'à pas de bovin commis
　　　Pour d'un mauvais coup par la loi
　　　Défaire l'embrouillamini,
Vous me trouvez peu étonné
De voir ce front transcendantal
Et en toute célérité
L'accomplir en bon communal,
Car bœuf alguazil et stoïque
Forcément recevra les piques.

PRÔNE DANS LA JEUNESSE
LA NÉCESSITÉ DE LA PRUDENCE

⤳ Sonnet ⤲

e quel bonheur, de pierre il gravit le haut mur
Celui qui à sa jeunesse se fie, sa force,
Car à l'élan de l'envie il ne fait entorse
Et il s'encourage au plus grand, au risque pur.

Mais hardi, téméraire, déployant ses ailes,
Nouvel Icare le voici face au soleil,
Il s'approche et il tombe en plus simple appareil
Au fond des eaux, et meurt après ce saut mortel.

C'est naturel effet que l'esprit gentilhomme
Pique au plus haut du but, au sommet des désirs,
Et laisse incontinent tout son sang s'enhardir.

Mais la morale de l'emblème est plus bonhomme
Qui prêche à l'audacieuse jeunesse prudence
Si l'on sait que sagesse jamais n'ôte vaillance.

APPROBATION

V. M. me commande de lui faire rapport sur l'autorisation d'imprimer que demande Don Arturo Pérez-Reverte pour un livre de sa main intitulé Les Bûchers de Bocanegra, deuxième livraison des aventures du capitaine Alatriste. Je pourrais m'étendre longuement sur la suavité de son style, le rythme de ses phrases, l'éloquence de son discours, l'intérêt de son histoire, la vraisemblance de son intrigue et le profit qu'on tirera de cette lecture, sans parler des subtiles moralités, mises en garde et éclaircissements qu'il renferme sous couleur de divertissement honnête; mais je n'en dirai pas plus, sinon que son livre surpasse la maxime d'Horace, aut prodesse volunt, aut delectare poetae, car non seulement il distrait mais il profite aussi, l'un comme l'autre au plus haut point, sans porter ombrage à notre Sainte Foi Catholique (si les gens de timide conscience ne viennent y regarder), ni aux bonnes mœurs. De sorte qu'il me paraît opportun d'accorder ladite autorisation d'imprimer, laquelle servira V. M., fera plaisir à l'auteur et satisfera la république des lettres.

Fait à Saragosse,
le trentième jour du mois de juin de l'an 1997.

Dr. Alberto Montaner Frutos,
chevalier de l'ordre de Saint-Eugène,
lecteur d'humanités dans cette ville, &c.

TABLE

RÉALISATION : PAO ÉDITIONS DU SEUIL
IMPRESSION : **BUSSIÈRE CAMEDAN IMPRIMERIES**
À SAINT-AMAND-MONTROND (CHER)
DÉPÔT LÉGAL : OCTOBRE 1998. N° 34719 (984691/1)